退耕集 TUIGENG JI ·······························

时代出版传媒股份有限公司
安徽文艺出版社

退耕集

TUIGENG JI

鲍朝卿 著

时代出版传媒股份有限公司
安徽文艺出版社

图书在版编目（CIP）数据

退耕集/鲍朝卿著. —合肥：安徽文艺出版社,2015.1（2022.7 重印）
ISBN 978-7-5396-5294-8

Ⅰ．①退… Ⅱ．①鲍… Ⅲ．①诗词—作品集—中国—
当代②散文集—中国—当代 Ⅳ．①I217.2

中国版本图书馆 CIP 数据核字（2015）第 000450 号

出 版 人：姚 巍
责任编辑：王婧婧   装帧设计：徐 睿
....
出版发行：安徽文艺出版社   www.awpub.com
地　　址：合肥市翡翠路 1118 号   邮政编码：230071
营 销 部：(0551)63533889
印　　制：山东百润本色印刷有限公司   (0635)3962683
....
开本：880×1230 1/32 印张：8.5   字数：150 千字
版次：2015 年 1 月第 1 版
印次：2022 年 7 月第 3 次印刷
定价：49.80 元
....

序

　　鲍朝卿先生寄来大作《退耕集》，邀我写序。既要写序，就得深谙书中内容。我于 2015 年元旦，一口气读完鲍君诗文。鲍君诗文，文如其人：谦谦君子是也，儒雅风范存焉。

　　鲍君所作旧体诗词，颇有艺术欣赏价值。谈起旧诗，我对其也情有独钟，除喜爱中国古代经典诗词，还喜爱现代大师们的旧体诗作。我曾着迷于鲁迅的旧诗，和一位同事作了《鲁迅旧诗解说》，终因出版难的问题(20 世纪 80 年代出书难)，《解说》未能面世。后来，我又着迷于老舍旧诗，曾收集了老舍二百余首旧诗并加以注释，还探讨了老舍旧诗与陆放翁、吴梅村诗之关系。对于"五四"以来的旧体诗词能否入史，文学史家曾有过不同意见的争论。著名学者黄修己先生主编的《20 世纪中国文学史》(下卷)附录一《"五四"后中华诗词发展概述》(中山大学出版社，2004 年版)，算是弥补了"五四"以来旧体诗词不见史书的缺憾。在我看来，旧诗可以入史也应该入史，旧诗有旧诗的价值。如今鲍君所写旧体诗词，虽然达不到入史的高度，但它能给读者带来审美享受，我读后顿感朴实清新，赏心悦目，诗情诗味美不胜收。

　　诗贵真情，以情感人。从鲍君的纪游诗中，可以感受到他对

序

大自然的热爱之情;从他谒太白墓、瞻仰鲁迅故居、观邓世昌塑像的诗作中,可以透视出他对伟人的崇敬之情;从他的叙事诗中,可以领悟到富有哲理韵味的人生感悟;在他对现实有感而发的诗文中,有对空气污染的忧虑,有对神十升天的喜悦,有对嫦娥三号奔月的自豪,有对安倍晋三"太猖狂"的谴责,有对毛泽东、习近平为国为民精神的崇拜,等等,爱国心、民族情、责任感都在诗词中流露出来。

旧体诗词,讲究格律,平仄、对仗、用典,均要显见功底。鲍君诗词中,每首用韵明确,涉典加以注释,讲究诗之规则。鲍君诗词讲格律,却并不影响其抒情,情不受律所限,这更难能可贵。

鲍君之散文,多写平凡人、平凡事,不求惊涛骇浪,只在涓涓细流中见情、见奇。《父亲的回忆》以细节取胜,朴实动人。比如说父亲"聪明能干,种地栽菜,很讲科学";他会木工,做凉床、桌凳;他做竹器,善捕鱼,还会做豆腐等,"父亲就是这样一个人,他什么都会一点,样样都能干一点",一位聪明能干的平凡的父亲形象跃然于纸面。有的即景抒情散文,如《翠竹颂》《美哉,枞阳浮山》等,可称得上美文。在美文中我更欣赏《秋浦情怀》,它是作者在秋浦河畔古镇中学任教了十七年的生活体验、情感修养的结晶,他满怀深情,赞美秋浦河是一条"流淌着诗的河",是一条"黄金之河"。昔日秋浦因诗仙李白45首瑰丽的诗篇而闻名古今,今日秋浦或许因鲍君的赞美而弘扬光大,引起社会对这一千年文化遗产的珍视、保护!

　　读罢《退耕集》,随感而发,权且为序吧!

谢昭新

2015 年 1 月 1 日

　　(作者系安徽师范大学文学院教授、博士生导师,安徽省首届
二级教授)

序

诗 歌

旅游诗

目
录

叙事诗

目

录

词 曲

散　文

人物篇

景物篇

随感篇

写作·知识篇

诗
歌

绩溪纪行

丁亥清明,吾与妻儿赴绩溪为岳母迁坟、扫墓,其间,在内堂弟程韵云的陪同下,游览了大鄣山、龙川等名胜古迹,以诗记之。

绩溪山水秀,异彩自然裁。
仁里①村千载,龙川②水百徊。
三雕胡氏祠③,四海美传开。
石像④流连处,游人无限怀。

【注释】
①仁里:仁里,俗称大仁里,也称程里,位于绩溪县城东南三公里,是一个有着骄世历史业绩和丰厚文化积淀的古村落。南北朝时,梁大同五年(公元 539 年)工部尚书耿源进致仕后与弟耿汝进游历新安山水而卜居于此,以"仁乃二人"之义将村命名为"仁里"。2006 年,仁里村被定为安徽省特色主导产业示范村。

诗

歌

②龙川：绩溪龙川是山水秀美的古村落，有千回百转的古廊桥，有一门三尚书的古牌坊，有千姿百态的水街，有三江汇流的园林水口，是尚未列入"世界文化遗产"名录的世界文化遗产，现为安徽省历史文化保护区。

③胡氏宗祠：始建于宋，集徽派砖、木、石三雕和彩绘为一体，享有"木雕艺术博物馆"和"民族殿堂"的盛誉。中外建筑专家称龙川胡氏宗祠"规模之大、时间之长、完整之好、装饰之美"为天下第一。

④石像：大鄣山峡谷有一景点叫"伟人石像"。此处有一原始大石头，酷似毛泽东主席老年头像。

辽东行感言

丁亥端午期间,学院老干处组织我们去辽东半岛旅游,途中参观了沈阳的大帅府、九一八事变纪念馆、故宫、旅顺的日俄监狱、大连的104导弹驱逐舰,感触颇多,感言一首。

沈阳旅顺大连游,胸里淤积一个愁。
警世日俄监狱在,风云甲午荡心头。
小泉执意参神社,阿扁扬言闹众投。
亚太周边不安宁,老夫年迈内心忧。

拜谒太白墓

　　2011 年 9 月 18 日,余与妻到马鞍山参加内侄牧辰的婚礼,次日在家骏内弟的陪同下游览了太白墓与谢公祠。

謝公山麓宿诗仙[①],千古墓园今仰贤。
三叩青莲碑上酹,一倾杜康内心煎。
当年蜀道惊天地[②],眼下坟茔叹苦眠。
现在钢城歌咏会,岂如太白巨诗篇?

李白墓

【注释】

①谢公山,又名青山,位于当涂县城东南,亦名青林山(今当涂县太白乡太白村前),方圆30公里,四周群峦叠翠,芳草如茵,茂林盛树,景色清幽。南朝齐著名诗人、宣城太守谢朓游历至此,被青山景色陶醉,遂于青山南麓建造故宅一处(今谢公祠)。李白一生景仰南朝诗人谢朓的人品与诗歌,"一生低首谢宣城"。唐元和十二年(公元817年),李白生前好友范作之子范传正为了完成李白的遗愿,同当涂县令诸葛纵合力将李白墓迁至青山西麓。

②据说李白30岁时到京城长安遇太子师贺知章,李白将《蜀道难》写给贺,贺夸奖说:"这诗气魄雄伟,真能惊天动地了!"

诗歌

辛卯重阳登天柱山

神奇天柱山,久仰欲登攀①。

辛卯重阳日,妻儿身不单。

一柱擎天上,登高不畏难。

神秘谷奇特,炼丹湖烟盘②。

青龙游仙境,飞泉落险滩。

怪石疑虎伏,奇峰似天删。

乾隆戏飞峰③,汉武赐皖山④。

流连总关寨,惊赞刘源男。

镇关十八载,人力迨已殚。

雄哉刘将军⑤,英名青史刊!

【注释】

①80年代初,我在潜山野寨中学出席安庆地区语文教研会,期间得以观赏天柱山摩崖石刻,时值冬季,未能登山。今年重阳,熙儿回来,宿愿得偿。

②相传东汉末年左慈曾在此采药炼丹,现在"炼丹湖"名即来源于此。

③据说清朝乾隆皇帝来到天柱山,并不相信这个飞来石是从九

天之外飞来的。真龙天子随口吟道:"飞来未必是飞来,定是世人胡乱猜……"话音未落,顿时电闪雷鸣,飞来峰上乌云盖日,飞来石隆隆作响,似要飞起……吓得乾隆皇帝赶紧改口道:"飞来一定是飞来,不是世人胡乱猜。既然飞来又飞去,何必当初要飞来。"言毕,天空一碧千里,祥云绕腾,飞来石稳稳当当地盖在飞来峰顶上。

④据《史记》和《汉书》记载,公元前106年天柱山曾被汉武帝封为南岳皖山。

⑤南宋末年,潜山义士刘源在天柱山扎寨抗元,各制高点按东西南北中设五个关口,屯兵十万,坚守十八年之久。

诗
歌

游豫园

癸巳新春游豫园,游人接踵乐摩肩。
城隍庙内祈福寿,九曲桥边去祸愆。
玄武①呈祥灯悦目,街坊献瑞客绵延。
沧桑名地繁华景,开放迎来盛世年。

【注释】

①"玄武":玄武在道家文化中代表北方之神,是一种由龟和蛇组合成的灵物,具有辟邪、祈丰、惩恶扬善、发财致富、平安长寿等多种美好寓意。

周庄行

泽国周庄玉燕堂①,小桥流水骑楼坊。
富安②景色人陶醉,全福③钟声佛诉祥。
宋水伊伊留墨客,唐风拂拂挽儒商。
千年古镇如陈窖,盛世欣逢日喷香。

【注释】
①玉燕堂:指张厅的怡顺堂,建于明代,清初转让给张姓人家,改为玉燕堂,俗称张厅。张厅前后七进,雕梁画栋,金碧辉煌。厅旁箬泾河穿屋而过,正所谓"桥自前门进,船从家中过"。
②富安:指富安桥。
③全福:指全福寺。

诗
歌

再游青岛

癸巳初秋,长子正熙出差,顺便带我们游览了青岛。十年前我同晟儿来过此地,这次来青岛,感到青岛发展快,变化大,感赋一首。

再游此地喜盈盈,十载光阴又一城。
东扩楼台玉林立,西排高架彩虹生。
奥帆赛场①千舟靓,五月之风②万众情。
树绿瓦红景儿美,百年青岛展新型。

【注释】

①奥帆中心:青岛奥林匹克帆船中心即青岛国际帆船中心。青岛奥林匹克帆船中心坐落于青岛市东部新区浮山湾畔,毗邻五四广场和东海路,2008年第29届奥运会帆船比赛在这里举行。

②五月之风:"五月的风"是五四广场上著名的雕塑,是青岛市新城区的标志。它位于青岛市市政府对面,为纪念五四运动而立。

瞻仰鲁迅故居

千里迢迢奔绍兴，仰瞻旗手豫才甍。
百草园内生机旺，三味书屋死气盈。
阿 Q 精神让民恶，孔兄卷臭令人轻。
先生价值今仍在，鲁迅标牌一座城。

游沈园

满塘荷叶映芙蓉,藕断丝连情意丰。
孤鹤亭①中栖恋鹤,伤心桥水影惊鸿②。

【注释】

①陆游在《城南》诗中以孤鹤自喻,所以,此处建筑取名为"孤鹤轩"。

②陆游《沈园》:"伤心桥下春波绿,曾是惊鸿照影来。"

兰亭绝句二首

一　十八缸^①

羲之教子传佳话,大字填加点启发^②。
勤练十八缸水墨,二王书帖万千家。

二　曲水流觞

兰亭翠竹节身高,曲水流觞聚杰豪。
北往南来客纷至,摹鹅^③提笔乐陶陶。

【注释】

①相传当年王献之曾向父亲王羲之讨教书法秘诀,王羲之指着院子里的水缸说:你把这十八缸水写完,就知道秘诀在哪里了。

②王献之自幼天资聪颖,随父学书,书艺日进,颇受世人赞誉,常常流露出骄傲情绪。一日,他把写好的几张字拿给父亲看,想得到父亲的赞扬,父亲看后,一言不发,在其所写上紧下松的"大"字中,随手加上一点,献之拿着这些字给母亲去看,母亲说:"我儿写字这么多,我看只有这一点写得最好。"献之听了,羞愧不已,自此虚心苦练,将十八缸水都写完了,成为一代大书法家,与其父并称"二王"。

③摹鹅:兰亭十八缸景点有一"鹅池",供游人临摹。

诗

歌

015

游绍兴东湖①

癸巳中秋前,余网购跟团游了绍兴,对东湖的别致景色印象深刻,赋诗一首。

绍兴箬篑②于城外,客问何年辟此峨?
万仞青山环绿水,一潭碧玉荡清波。
仙桃岩影生奇景③,空谷乌篷飘越歌。
虽小东湖天在里④,游人来往颂传播⑤。

【注释】

①东湖在绍兴古城东约六公里处,是浙江省的三大名湖之一。

②东湖所在地,原为一座青石山,秦始皇东巡时曾在此驻驾饮马,故被称为箬篑山。汉代以后,箬篑山成了绍兴的一处石料场,经过千百年的凿穿斧削,又采用特殊的取石方法,搬走了半座青山,并形成了高达50多米的悬崖峭壁。劳动者取石还普遍深入到地下20多米处,有的甚至达地下四五十米处,日子一久,形成了长过200米、宽约80米的清水塘。清末,绍兴著名乡贤陶浚宣眼光独到,利用采石场筑起围墙,对水面稍加拓宽,遂成山水相映的东湖。东湖经过百年的人工装扮,成为一处巧夺天工的山水大盆景。

③仙桃洞：东湖最奇妙的两洞之一。

④郭沫若游东湖留下一首诗："箬簣东湖，凿自人工。壁立千尺，路临难通。大舟入洞，坐井观空。勿谓湖小，天在其中。"

⑤东湖虽小，但因它的奇石、奇洞所构成的奇景使东湖成为旅游界人士公认的罕见的"湖中之奇"。日本旅游机构交通公社，曾在同时游历过杭州西湖与绍兴东湖的日本游客中做过问卷调查，游客普遍对东湖的印象超过西湖，可见对东湖的赞誉并非绍兴人的自我感觉。

绍兴东湖

诗歌

017

访长丰下塘

1968 年冬，中苏珍宝岛战争打响，当时为了备战，高校下迁。我们学校当年迁至合肥城郊长丰县下塘。2013 年 10 月 6 日，同届学友顾元勋邀请合肥部分同学到下塘参观，盛情款待。我感受农村变化沧桑，赋诗一首。

癸巳秋高访下塘，四十五载指弹间。
当年茅舍全失尽，现在楼房皆比肩。
昔日站台成旧迹，今朝高速奏新篇。
农家喜看丰收景，现代城村奋策鞭。

游南宁青秀山

邕城别致在青山^①,丽质天生不一般。
花树四时春意闹,象龙^②万仞笑声喧。
碑廊墨宝存真迹,明镜天池^③镶岛间。
中外游人慕名至,心怡漫步乐难还。

【注释】

①青山:现名青秀山。它是绿城南宁最美丽的一道风景线,吸引着众多的游客,年接待游客量超过200万人次,是中外政要及广大游客来邕考察参观和旅游度假的首选之地。2000年被评为全国首批 AAAA 级风景区

②象龙:指龙象塔,它是青秀山的标志。位于青秀山之巅,始建于明代万历年间,为时任吏部左侍郎的南宁籍进士肖云举所建。取佛经"水行龙力大,陆行象力大"之意,故命名为"龙象塔"。海拔204米,塔八角九层,高52.35米,宽12米,绿色琉璃瓦,内设旋梯207级直达塔顶,每层檐角下均悬挂铜铃。

③天池:青秀山天池并非天然,而是人工开凿的,面积大约15000多平方米,而深度可达2~3米,天池中还建有两座小岛,一个叫牛郎岛,一个叫织女岛,小岛上分别有"宜栖亭"和"盼鹊亭"。

诗
歌

巴马之行四首

甲午新春,长子正熙与其学友一行到南宁、巴马,我们家属随团旅游,游览了巴马神奇山水,喜作。

一 长寿村

盘阳河畔一奇屯,半是城来半是村。
背后驼峰山兀立,面前碧水玉鳞奔。
悠悠竹筏渔舟唱,晃晃吊桥身影跟。
北往南来客纷至,端详巴马寿星昆。

二 寿星黄卜新

新春甲午到巴屯,目睹寿星黄卜新。
变法戊戌君子诞,揭竿百色小平跟。
一天两顿食粥菜,百岁上山伐木薪。
游客来时红曲唱,摸头握手赐福音。

三　长寿村探秘

天赐瑶家一净土,奇山异水寿星村。
清新空气高负氧,微量活泉强补身。
磁地睡眠无梦幻,火麻卷柏有硒锌。
勤劳晚育多食素,花甲轮回巴马人。

四　长寿村之忧

天下闻名巴马屯,摩肩游客进山村。
百魔洞里接磁水,瑶寨河中沐浴身。
候鸟栖居祈寿祖,疗癌租住盼回春。
如今净土何存在?此地难留百岁人!

诗
歌

上西塔看羊城夜景

羊城甲午赏花灯，夜半登临西塔宫。
妩媚蛮腰呈五彩，婀娜画舫映江红。
身前瑶圃空中景，目下繁星地面罾。
笑语人潮欢乐海，通宵达旦到天明。

瞻仰邓世昌塑像感赋

　　2014 年 2 月 20 日,我同老伴在穗城专程到天河公园瞻仰邓世
昌的衣冠冢及塑像,心潮起伏,感赋一首。

> 民族英雄邓世昌,巍巍屹立穗城岗。
> 手拿远镜望疆海,甲午重逢葬贼樯。

作者在邓世昌塑像前

诗
歌

023

游珠海长隆海洋王国

2014年3月1日,昊儿一家三口陪我们老两口到珠海横琴,游览了长隆海洋王国,喜作。

长隆洋国畅巡游,乐赏鲸豚抛彩球。
深海探研身体验,蛟龙潜伏自风流。
企鹅媚态招怜客,熊兽庞然秀摆头。
浩瀚鱼儿千万种,形奇色艳夺人眸。

游巢湖

　　甲午夏,89制剂班的学生聚会庐州,期间安排到巢湖去旅游,邀余同往,喜作。

> 弟子庐州聚会游,邀余入伍乐而悠。
> 文峰古塔湖心景,焦姥葱茏砥柱流。
> 远望吴天公瑾墓,近观中庙凤凰楼。
> 水光山色令人醉,此地新城万户求。

作者在巢湖

游合肥野生动物园

甲午炎夏,携带孙儿大葳上合肥野生动物园,喜作。

孙儿说上蜀山园,答应要求笑且喧。
表演海狮招客乐,睡姿猫宝①令人怜。
方舟诺亚②装千种,兽类王国现百员。
一物一情增兴趣,寻根问底喜童言。

作者孙子在合肥野生动物园

【注释】

①猫宝:指国宝熊猫。

②方舟诺亚:即诺亚方舟。《圣经·创世纪》记载,上帝因世人行恶,降洪水灭世,诺亚遵照上帝旨意,制造长方木柜形大船,并带全家及留种的一切动物避入方舟。合肥野生动物园"诺亚方舟"景观桥始建于2004年,耗时6个多月建成。全桥采用"单臂斜拉"结构,长492米,景观桥上还有两个观景平台,平台采用国际流行的"张拉膜"工艺,蓝色桅杆上扯起的白色风帆,远看就像一艘大船。如此规模的观景桥在全国野生动物园中是独一无二的。

合肥野生动物园海狮表演

诗
歌

退耕集
TUIGENG JI

叙事诗

香港回归十周年感赋

香港回归十整年，香江大陆喜空前。
一国两制结甜果，艳丽紫荆花有园。

从秋浦迁居庐州二十年感赋

二十年前,我在江南水乡的贵池市殷汇中学(当时是安庆地区重点中学,现为池州市第八中学,省示范高中)执教。1988 年,在省城老同学的鼎力帮助下,我从秋浦河畔的殷汇镇迁居庐州,至今已二十年矣。

一别秋河①二十年,同窗援手得高迁。
春风曾绿江南岸②,秋雨无声药校田③。
学苑退耕宜杜教,新华聘用④复扬鞭。
人生长短归于己,身健心怡得永年⑤。

【注释】
①秋河:指贵池秋浦河。
②王安石诗:"春风又绿江南岸,明月何时照我还。"
③杜甫诗:"随风潜入夜,润物细无声。"药校:指原安徽省医学学校和安徽中医学院。
④新华:指安徽新华学院。
⑤曹操《龟虽寿》:"养怡之福,可得永年。"

诗

歌

状元"补录"——慎填高考志愿

据《南方周末》报道:2007 年 7 月 18 日,黄文帝——2007 年重庆市高考状元,经教育部"特别协调",被北京大学录取,是"补录"。

该生先报北京大学,后经清华大学争取"特别招生",放弃北京大学;但清华在重庆无招生计划,其"特别招生"没有成功,而北京大学亦因该生没有填报北大志愿不愿录取,后经教育部"特别协调",被北京大学"补录"。对此颇有所感,凑句一首。

清华北大抢生源,落选险些为状元。
奉劝考生填志愿,莫学文帝履冰川。

农民工自述

座座楼房平地起，
农工汗水有谁知？
盖得广厦千千万，
谁最辛劳谁最怡？

受聘新华

退耕学苑未收鞭，受聘新华任教员。
蚕吐丝儿编彩锦，烛燃自己亮人贤。
梨云杏雨莘莘子，化雨春风白发年。
国富民强教是本，复兴中华谱新篇。

安徽新华学院为作者颁发的聘书

八九制剂学子聚会感赋

丹桂飘香药校园，八九制剂大团圆。
今朝聚会欣相见，昔日同窗乐共眠。
美酒三杯情切切，欢歌数曲意绵绵。
喜看诸子均成器，老迈心怡吟一篇。

诗
歌

打乒乓

小小银球妙难穷，国人偏爱此乒声。
高抛杀扣习攻打，旋转削搓练守功。
健体强身聪耳目，推来挡去悦心胸。
乒乓运动吾欢喜，其乐融融在当中。

辛卯新春

新春辛卯大团圆，三子添丁食喜筵。
原上犊牛招我乐①，林中崟虎令人怜②。
喜看诸子多欣慰，乐见三孙难入眠。
展望前程无限好，来年更胜似今年。

【注释】
①犊牛：长孙大葳属牛。
②林中崟虎：小孙大中、孙女奕琳属虎，林中谐其名。

诗
歌

殷中学子聚会庐州感赋

辛卯初秋,贵池殷汇中学八二届弟子聚会庐州,我受邀出席,感
赋一首。

> 一别殷中三十稔,庐州相会有情缘。
> 长思秋浦青莲①水,不忘杏坛②桃李莲。
> 欣赏后生家业旺,乐观诸子喜无前。
> 人生梦蝶③叹飞逝,再聚希望在耄年。

【注释】

①青莲:李白,号青莲居士。他曾为秋浦河写下了《秋浦歌》十
七首。

②杏坛:孔子讲学的地方。

③梦蝶:《庄子·齐物论》有"昔者庄周梦为蝴蝶,……俄然觉,
则蘧蘧然周也",这里取其短暂之意。

附学生赠诗二首:

朝朝为师仁者尊，
卿公育人殷汇邨。
八二弟子济沘上，
共叙师生三十春。
——殷汇中学八二届一班全体同学赠（张成舟撰稿）

波起秋浦，漾漾青莲。
月照庐州，四海同颜。
恩师高咏，谨记心间。
祝愿恩师，幸福年年。
——上海宝山钢铁有限公司首席工程师焦四海

学生赠予作者的诗作

诗
歌

看肥西花卉展

2011年中国合肥苗木花卉交易大会于11月6日上午在肥西三岗开幕。肥西老同学丁从忠邀市区同学前去观看，并在县城城塘酒店设宴款待。

丁君邀看花，会展在三岗。
徜徉花卉展，心胸好舒畅。
花蹊千万朵，姿态不一样。
濒危红豆杉[①]，如今能培养。
宝岛蝴蝶兰，大陆盛开放。
"先生"一枝花[②]，"小姐"更为靓[③]。
花卉产业大，千万已进账。
坐拥新桥港，走到国际上。

【注释】

①"红豆杉"是一种濒危物种，国家一级保护植物，在美国白宫和英国白金汉宫里都有，被很多国家誉为"国宝"，如今一家农林科技公司将红豆杉培养成一种四季常绿的盆景，从此"国宝"也可以批量化生产了，中南海办公室、上海世博会中国馆都摆上了这种盆景。

红豆杉能快速吸收污染,一棵八年红豆杉净化空气的能力相当于1000多棵冬青树。

②③"中国先生""中国小姐",这是苗交会上广州一家农业科技开发公司展示的珍奇兰花,是大花蕙兰和国兰的杂交,有着大花蕙兰的花序和花型,也有着国兰的清香,花期长,花色纯,看上去典雅无比。

诗
歌

京畿雾霾

据北京市环保局环保监测中心介绍,2013 年 1 月 10 日到 16 日北京市空气质量都是重度和严重污染。在全国 74 个监测城市中,有 33 个城市空气质量达到严重污染。有感于此,作诗一首。

发展方知代价超,神州万里雾霾飘。
京畿地域皆污染,冀鲁重工全过标。
建设小康虽可贺,吸呼脏气岂能要?
全民合力治环境,碧水蓝天分外娇。

贺安徽中医学院更名

2013 年 5 月 18 日安徽中医学院举行安徽中医药大学揭牌仪式，喜作。

更名结彩又张灯，全校师生喜气腾。
华氏①妙方今拓展，新安医学得传承。
至精至诚研医术，惟是惟新探药绳。
励志弘扬推特色，一流院校上高层。

【注释】
①华氏：指华佗。

诗
歌

041

《潮童天下》播安安①

2013 年 11 月 23 日中午,上海东方卫视《潮童天下》播出小孙安安的访谈节目,根据画面和内容,喜作。

> 潮童天下播安安,老汉看得笑哈哈。
> 金炜②和他做朋友,安安邀他到其家。
> 来时带点孩儿物,临走拿条大黄瓜。
> 爸爸福特来相送,大了买辆车还他。

【注释】
①安安:大名鲍大中,乳名安安。
②金炜:上海东方卫视《潮童天下》节目主持人。

作者孙子作客东方卫视《潮童天下》节目

星云大师题字赠习主席感赋

2013 年 2 月 28 日,星云大师随连战访大陆,写"登高望远"赠习近平主席,感赋一首。

登高望远寄深情,题字星云赠近平。
海峡变戈为玉帛,月圆赤县大家迎。

读习近平《念奴娇·追思焦裕禄》感赋

斯人逝世山河恸，裕禄心中百姓装。

公仆情怀桐现绿，节操廉洁德流芳。

习研兰考吟词令，干部标杆耀党章。

全体公员循榜样，为官造福替民忙。

八九制剂甲午聚会纪事

二十周年喜共迎,庐州聚会话深情。
师生昔日诗书颂,桃李今朝硕果盈。
一幅丹青表真意,百张彩照记行程。
良辰美景时光短,宵夜欢歌颂太平。

八九制剂学生赠予作者的画

悼念诗

悼崇明师

讲评习作未能忘^①,拜谒芜湖叶正黄^②。

乡里扶持孤树长^③,暴风席卷九州狂。

怒窥才华浪淹没^④,喜看儿孙福满堂。

花甲年华飞逝去,吾侪涕泪湿衣裳。

【注释】

①讲评习作:在大学,我写的一篇《三春柳赞》抒情散文,牧韵春写的一篇《人勤春早》记事散文,贺老师作为范文在班级进行了讲评。

②1999 年深秋,我和牧韵春到芜湖检查学生实习,特地去安师大拜访贺崇明老师。

③孤树长:贺崇明老师凤遭闵凶,从小失去父母,是个孤儿,是乡邻将其抚养大的。

④浪淹没:贺老师富有才华,且有政治抱负,是文化大革命的巨浪淹没了他。

悼曹君①

金秋六五见曹君,浓郁乡音分外纯。
陶令为官不恋栈②,平公炳烛是仁人③。
香花墩畔同窗影,小孤山边留汝身。
聚会相逢未尝愿,花环一束寄情深④!

【注释】

①曹国栋上大学前是大队支部书记,是本班年龄最长者。

②陶令:指晋代彭泽县令陶渊明。

③平公:指晋平公。典出刘向《说苑》,晋平公问于师旷曰:"吾年七十欲学,恐已暮矣!"师旷曰:"何不炳烛乎?"

④2005年刘思祥与在合肥的同学发起进校四十年本班同学聚会,后因多种原因未能实现。曹国栋去世后,金汉杰委托宿松县教委代表在省城的老同学送了一个花圈,寄托大家的哀思。

诗
歌

岳父百岁冥辰祭

癸巳初冬祭百庚,少年外奔一孩丁。
欣逢途中回州府,鸣放真言谪敬亭。
一路走来风雨降,钢城遭遇恶雷轰。
清风两袖黄泉进,望重德高是我翁!

纪念毛泽东诞辰一百二十周年

韶山日出八荒晴,辟地开天泾渭清。
泽润神州添锦绣,东升朝旭放光明。
一生智慧为黎庶,四卷雄文指路程。
业绩丰功垂史册,人民世代颂毛旌。

赠和诗

赠敏学

　　20世纪80年代初,我到太湖县参加安庆地区中学语文教学研究会年会。其间,我到太湖中学造访老同学张敏学。当年他三个孩子年幼,跟随在他身边上学。当时,他在办公室用煤油炉做菜,留我吃饭,此事至今萦怀未忘。丁亥夏,他到合肥,我在富盈门酒店薄宴款待,邀合肥老同学相聚,感慨颇多,偶得一首。

　　　　平生难忘太湖张,当下正逢儿女荒。
　　　　煤灶炉前施技艺,办公室内闻羹香。
　　　　知心来往怡如蜜,朋友相交情胜觞。
　　　　收罢教鞭重聚会,至今念记是该郎。

附张敏学和诗：

和朝卿

休言难忘太湖餐，时值中年入大荒。
素簌粗茶蒙不忌，浅荤淡饭亦觉香。
非为不识迎宾道，实乃惭无敬客觞。
往事难堪回首望，赧颜羞对鲍卿郎！

诗
歌

赠李君

2011 年 3 月 26 日,殷汇中学(现池州市第八中学)八二届一班在肥学子相聚,宴请从美国来合肥创业的同班同学李文。我是他们的班主任,受邀赴宴。

君从西域来,馥郁玉兰开。
同砚邀相聚,开怀畅饮哉。
秋河离别后,三十稔常怀。
毕业时留影,容颜不用猜。
美中双硕士,芝哥建家宅。
西域君留守,情思桑梓槐。
来肥创大业,欧美订单排。
翁问鸿鹄志,创出名品牌!

和长寿机语①

同学相逢又一春,赠诗机语话迷津。

人生梦蝶昙花现②,寿长要方庄子询③。

流食菜蔬勤运动,泊轻名利是真因。

下弦一似上弦好④,何必生忧伤玉身。

【注释】

①辛卯初春,孙建荣在庐州金满楼邀同学聚会,刘思祥赠大家《长寿机语》,因和之。

②梦蝶:《庄子·齐物论》有"昔者庄周梦为蝴蝶,……俄然觉,则蘧蘧然周也",这里取其短暂、虚幻之意。

③庄子《庖丁解牛》:"文惠王曰:'善哉!吾闻庖丁之言,得养生焉。'"

④清·纳兰性德《点绛唇》:"一种蛾眉,下弦不似上弦好。庾郎未老,何事伤心早?"

诗
歌

和杨兆华《〈夕阳吟诗词联选集〉面世感赋》

　　壬辰十月十八日(2012 年 12 月 1 日)余在青阳路三河胡氏农家请庐州老同学聚会,席间杨兆华赠诗,因作此诗以和。

> 六载寒窗学友襟,刘君集腋夕阳吟[①]。
> 诗词韵律歌今世,旧影楹联忆故音。
> 绿竹睢园[②]留墨客,朱华邺水[③]溢芳霖。
> 心灵交往非嫌远,梦里兰亭共饮斟[④]。

【注释】

①刘君:指刘思祥。《夕阳吟》,诗集名。

②睢园绿竹:睢园即梁孝王菟园,其地多竹,又名竹园,为著名的文士雅集、饮酒赋诗之地。

③朱华邺水:邺水,在邺下(今河北临漳)。邺下是三国曹魏定都之地。朱华,荷花。曹植《公宴诗》有名句云:"秋兰被长坂,朱华冒绿池。"这里用以赞美同学聚会所赋的优美诗篇。

④兰亭共饮斟:东晋永和九年(公元 353 年)的暮春三月三日,当时任会稽内史右将军的王羲之相约谢安等42 位名士,在会稽山阴(今浙江绍兴)兰亭聚会,饮酒赋诗,抒发怀抱。他们列坐于水边,行

修禊之礼。羽觞斟上美酒,从曲水上游顺流而下,漂到谁处停下,就得赋诗一首,作不出者罚酒一觞。

附杨兆华原诗:

北侉南蛮学友情,新声古韵夕阳吟。
如烟往事留鸿爪,似水光阴缅故人。
诗少豪言存质朴,词多雅趣溢芳馨。
交流纸上终觉远,何日兰亭共举樽。

诗
歌

喜读杨兆华《再回望江》

离开闹市出樊笼，来到安闲小院中。
右舍左邻相叩问，提油送蛋见杨公。

附杨兆华原诗：

再回望江

七载庐州鬓发霜，携孙小住返雷阳。
复回老屋谙门径，重起炊烟就灶膛。
闻讯予油言过日，知情送蛋叙家常。
友朋同事亲如故，体味人生又一章。

致日相安倍

晋三日相太猖狂,钓岛扬言不用商。
背靠美哥攀虎豹,拉推菲越当螳螂。
全球民众和平盼,黄帝儿孙妖孽防。
倭寇敢于来再犯,新仇旧恨统清偿。

星云大师法号

大师法号意深穷,宇宙之中有碧空。

云朵浓时方下雨,星儿无刻不离穹。

贺马茂书老师鲐背之寿

马老鲐文甲午春,茂林大树厚基尘。
书承通伯桐城嗣,寿比巴盘黄卜新。

答谢何敢老师

近日整理书信,发现原安庆市教委何敢老师 1996 年 5 月 21 日给我的书信,喜得赠诗,现答谢之。

牛集朱公一鲍卿,困年就读枞阳城。
青春花季秋河献,不惑时光李叶荣。
晚日庐州思浦水,朝晖浮渡诵书声。
逍遥南望江边塔,何老依依夕照情。

附何敢老师原诗:

赠鲍朝卿同学

白屋朱公出俊卿,秋江转棹泊浥城。
双胎腾秀鲲鹏势,一户含辛桃李荣。
夜雨枞川忆晚读,夕晖浮渡听钟声。
登楼北望关河壮,不禁依依惜别情。

赠家顺

——贺《张恨水年谱》面世

池州学院谢家顺教授用十年时间寻找张恨水的行迹，写成83万字的《张恨水年谱》，今年7月已由安徽文艺出版社出版。谢先生近日赠余一本，喜作。

君思张恨水，十载觅行踪。
茹苦冬春夏，鸿篇世代恭。

诗
歌

赠成舟

　　张成舟,1964 年出生于贵池区牌楼镇穿山村,20 世纪 80 年代毕业于阜阳师范学院数学系,先分配至淮南乳品厂,后辞职下海创业,创办合肥亚美特服饰标牌有限公司。2012 年春节回乡探亲,萌发中药材种植的念头。2013 年 10 月,他毅然离城回到家乡创业。创建了池州大王洞中药材种植基地,联合当地农户成立了池州市大王洞中药材种植专业合作社。其事迹已载《池州日报》,现作一律赠之。

　　　　成舟天赋素来聪,创业英才令众崇。
　　　　种植柴胡添石斛,栽培半夏又防风。
　　　　千年荒地生仙草,百户农夫变药工。
　　　　燕雀安知鸿鹄志?弃城老总再称雄。

附张成舟的和诗:

　　　　不才弟子打拼中,德厚师长令众崇。
　　　　不慕高官夸显贵,只为黔首赞农工。
　　　　少时采撷交书费,今日培栽去病虫。
　　　　但愿苍天怜我苦,风调雨顺助成功。

赠钱君

——读钱君勤来文存《我有左手》

甲午新春在巴马结识了钱勤来教授。他近日送我一本自己的文存,书名为《我有左手》。他是上海奉贤人,1964 年毕业于华东师范大学中文系,被分配到山东师范学院,后到临沂师范学院,现在临沂大学任教。读了他的文存,草成一律。

左手钱君写一生,胸怀袒露表真情。
奉贤奇木栽齐鲁,临大园丁育众英。
字朴词工司马笔,意丰文简退之声。
佳肴细品怜其味,期盼犹能赐美羹。

诗
歌

为汪君石满题写书名而作

三载同窗①苦读寒,香花墩②畔笑开颜。

秋河③碧水流扬子,振塔④高层眺远山。

有幸庐州赏明月,受邀新宅看娇兰。

退耕⑤赐字留芳墨,儒雅增辉溢四寰。

【注释】

①三载同窗:指20世纪60年代初在枞阳中学的读书生活。

②香花墩:包河有一个沙洲,名"香花墩",传说是包拯少年时读书的地方。此指在合肥上大学时的生活。

③秋河:指秋浦河。

④振塔:指安庆江边的振风塔。

⑤退耕:指《退耕集》。

四心歌

一

花甲年超应静心,红楼好了①理真深。
功名利禄终何用? 不抵安康自己身!

二

年超花甲应宽心,携手吾卿度晓昏。
琐事家常休介意,顶真是刺必伤亲。

三

花甲年超应恺心,儿孙工作不分身;
回家看看当知足,上下沟通悦脑神。

诗
歌

四

年超花甲我欢心，期盼五福早降临。
顺应自然守其道，法承聃祖效哲人。

【注释】

①好了：指《红楼梦》中的"好了歌"。

六十醒思

一

耳顺之年该醒聪,小鸡觅食必耕躬。
儿孙自有儿孙福,不再为其做苦工。

二

耳顺之年该醒聪,树逢秋季叶凋空。
天堂上去金何用,存在银行是傻翁。

三

耳顺之年该醒聪,金钱不给子孙丰。
鸟儿窠出离巢后,碧落翱翔是大鸿。

四

耳顺之年该醒聪,毕生伴侣苦甘同。
关关雎鸟声相和,守护专心有始终。

诗
歌

七十新语

七十人生稀古词，如今此语已过时。
和谐社会人增寿，耄耋之年皆可期。

咏竹

万物世间皆自满，虚心翠竹独中空。
四时节节常青上，任尔东南西北风。

咏秋浦

久在江南地，长吟李白歌^①。
青山盘绿水，叠嶂显嵯峨。
奇洞^②藏仙景，云溪汇浦河。
石城^③今胜昔，四海远传傩。

【注释】

①李白歌：指李白所作《秋浦歌》。

②奇洞：指蓬莱仙洞和大王洞。

③石城：西汉初至元始二年（公元 2 年）间建石城县（今殷汇镇灌口），属扬州之丹阳郡。南朝，石城属梁太子萧统的封地。由于昭明太子喜爱秋浦风光，爱吃秋浦鳜鱼，称赞"水好鱼美"，封誉"贵池"。根据这一典故，后人才改"秋浦县"为"贵池县"，沿用至今。1988 年改为贵池市，2000 年改为贵池区。

词曲

天净沙·龙川^①

青山绿水村庄,水街石板牌坊。胡氏祠堂久仰。龙川画舫,是舟出海帆扬。

【注释】

①龙川:又称坑口,距绩溪县城约 10 公里,地形如靠岸之船。东耸龙须山,紧依登源河,南有龙川汇集,西偎凤冠秀峰,北峙崇山峻岭,独具特色。

词
曲

忆江南·赠友人

朋友好,流水奏高山①。世上都言知己贵,人生要等子期难。何不把琴弹?

【注释】

①《列子·汤问》记载:"伯牙善鼓琴,钟子期善听。伯牙鼓琴,志在登高山,钟子期曰:'善哉,峨峨兮若泰山!'志在流水,曰:'善哉,洋洋兮若江河!'伯牙所念,钟子期必得之。"后来就用"高山流水"或"流水高山"比喻知己或知音。

浣溪沙·挽承才

丁亥年六月六日,我们在合肥的老同学去肥西中医院看望住院的钟承才。当时,他已病重,双脚浮肿,不能进食,靠麻醉药物镇痛,其状不忍目睹。今日九时许接到他病逝的噩耗,泣成一词。

丁亥炎天看承才,君依病榻口难开。轻呼妻子起扶来。
尚未交秋曷坠叶?为何溘走不归哉?香花墩①院让人怀!

【注释】

①香花墩:昔日包拯读书的地方,此指老合肥师范学院,原校址在今中国科技大学东校区。

浣溪沙·述怀

花甲年超欲甚求？烟云万事过春秋。不追名利腑无忧。
纵有万金何道喜，无如自体正方遒。怡心养性寿长留。

采桑子·天都会

友朋聚首天都会①,尔举佳筋,吾递诗章②。餐佐诗文分外香。
十年一饮堪僖宴③,尔道农场,吾述庐阳④。同砚深情今品尝!

【注释】

①2007 年 7 月 12 日,阜阳老同学张健三来合肥,晚上金汉杰和刘思祥夫妇在天都大厦设宴招待,我和牧韵春、陆善生、孙建荣、王德胜作陪。

②席间,张健三将自己的《诗与人生》赠给我们大家,我亦将自己写的回忆贺崇明老师的诗文相送。

③我和张健三是十多年前在阜阳见面的,王德胜是毕业三十年后第一次和张见面。

④宴席上,大家谈起在白湖军垦农场和在合肥师院的生活。

词
曲

渔歌子·赠兆华

香花墩上一球星,扬子江边识卫平[1]。尤雅兴,弄盆樱,养性怡人《小院铭》[2]。

【注释】

①卫平:指杨兆华爱人张卫平。

②《小院铭》:指杨兆华步刘禹锡《陋室铭》韵而写的《小院铭》。

附杨兆华和词:

渔歌子·赠朝卿韵春

女慧郎才伉俪称,杏坛执教满腔情。播雨露,育精英,同窗佼佼俩园丁!

如梦令·看楼盘

　　合肥城市发展迅速,新建楼盘林立,广告如雪。今日来看楼盘,感发一首小令。

　　座座楼盘招售,今日前来询购。试问售楼人,房价若前依旧?升售,升售,一辈辛劳空叩!

词曲

渔歌子·赠先舟

淮水浮山两地亲,鲍方情谊胜家人。迁药苑,予居村。世间难得有君仁!

渔歌子·观兆华获奖《壁挂盆景》

壁挂无盆富创新,附石金雀意惊人。花卉景,匠工心。奇花异木遇知音。

词

曲

调笑令·车子

　　车子,车子,当今世人面子。奇瑞大众皇冠,你我互相比攀。攀比,攀比,堵塞路宽无裨!

渔歌子·题兆华《夕阳吟》诗集

2012 年 12 月 22 日余在沪收到兆华友的《夕阳吟》诗集,拜读后填词一首。

杨君缀字具奇功,质朴无华意境丰。吟有韵,效唐风。诗集面世喜煞翁。

如梦令·贺晟儿论文获奖

2012 年底,晟儿的专业论文获全国一等奖,喜作。

证券属文搴晟,专论夺魁该庆。喜问撰书生,国内权威人省。高兴,高兴,此奖儿拿应咏!

渔歌子·贺习近平访贫

2012 年 12 月 30 日,习近平冒着严寒来到河北省地处太行山深处的革命老区——阜平县龙泉关镇骆驼湾村,走进困难群众唐荣斌、唐宗秀家看望,习主席盘腿坐在坑上,问饥寒,话小康。

习总尝贫进大山,坑头盘腿问饥寒。追美梦,闯难关。小康愿景让民欢。

词
曲

浪淘沙·京畿雾霾

大雾锁幽燕,霾气滔天,人民亿万不能眠。整个京城都不见,谁释真诠?

改革数十年,发展超前,破隳环境有谁怜?政府作为治污染,应早操拳!

渔歌子·贺神十升空

神十升空载贵宾,上天奔月已成真。中国梦,景如春,满园春色喜煞人。

渔歌子·颂嫦娥三号奔月

嫦娥三号现苍穹，玉兔着陆进月宫。昔日梦，当今行。大地神州万物荣。

渔歌子·中国预警机

飞机预警上蓝天,欧美惊叹我领先。千里眼,指挥员,中国攻防有二千。

一剪梅·预警机之父王小谟①

预警专家王小谟。远瞩高瞻,忠铸微波。骨折癌病不分神,致志专心,精制研磨。

自力更生千里眼。欧美惊呼,中华飞戈。国防强大又添员,预警二千,奋战高歌。

【注释】

①2013 年 1 月 18 日上午,2012 年度国家科学技术奖励大会在京举行。中国工程院院士王小谟荣获国家最高科技奖。20 世纪 80 年代,王小谟主动策划,自主研制预警机。在研制预警机的过程中,当时年近七旬的他在零上 40 摄氏度和零下 30 摄氏度的机舱熬过数月。在预警机研制的关键时期,他遭遇车祸,腿部严重骨折,此时又被诊断出患有淋巴癌。对此他从容镇定,一边输液一边和设计师探讨交流研制问题,病情稍有好转,他又出现在试验现场。他让中国预警机领先美国 E-3C 整整一代。

鹊桥仙·答松柏

香花墩畔，与君同座，共诵宋唐诗韵。白湖分配①到江南，旌德地，池州无讯。

四十三稔，梦中相会，商榷《三春柳》②蕴。多年曾盼见松柏，待时日，登门投问。

【注释】

①白湖分配：1969 年我们在庐江县白湖军垦农场进行劳动锻炼，后来在农场进行了毕业分配。

②三春柳：指我大学的习作散文《三春柳赞》。

附：江松柏原词

鹊桥仙·寄鲍朝卿

负笈庐邑，年余同位，曾子颜贤雅韵。家庭事业阻重重，欲拜望，音凭谁问？

书《三春柳》，尝红苕面，齐探美文涵韵。而今伉俪乐春秋，再不必，辛劳营运！

浣溪沙·赠韵春

池泮惊鸿倩影萦，青山绿水恋真情。叆合秋浦育三婴。
携手庐州操旧业，并肩申粤度余生。夕阳但愿每天晴。

沁园春·周庄①

泽国周庄,碧水骑楼,绿树井坊。看双桥②美景,陶人心醉;二厅③水阁,游客徜徉。昆曲声声,寺钟阵阵,历史文明遗产彰。贞丰里④,人全球村落,瑰宝之乡。

周庄如此风光,引历代仁人思故乡。昔莼鲈张翰⑤,陋铭禹锡⑥。逸飞油画⑦,秋雨华章⑧。柳子迷楼⑨,诗人荟萃,去病玄瑛叶楚伧⑩。摇城地,育风流志士,千古流长。

【注释】

①周庄:始建于公元1086年的古镇周庄,因邑人周迪功先生捐地修全福寺而得名,春秋时为吴王少子摇的封地,名为贞丰里,亦名为摇城,是江苏省昆山市和上海交界处的一个典型的江南水乡小镇,江南六大古镇之一,2003年被评为中国历史文化名镇。周庄有"中国第一水乡"之美誉。

②双桥:又称钥匙桥,旅美画家陈逸飞1984年以此作《故乡的回忆》油画,后被美国石油大王阿曼德·哈默作为礼物赠给邓小平。

③二厅:指张厅(怡顺堂,清代改为玉燕堂)和沈厅(松茂堂,为富商沈万三厅堂)。

④贞丰里:周庄镇旧名贞丰里。据史书记载,北宋元祐年间(公

词
曲

元 1086 年），周迪功信奉佛教，将庄田 200 亩捐赠给全福寺作为庙产，百姓感其恩德，将这片田地命名为"周庄"。

⑤莼鲈：指莼菜、鲈鱼。此用典，指张翰"莼鲈之思"。张翰，西晋文学家。

⑥陋铭：指刘禹锡的《陋室铭》。

⑦逸飞油画：指旅美画家陈逸飞的油画《故乡的回忆》。

⑧秋雨华章：指余秋雨的散文《江南小镇》。

⑨柳子：指柳亚子。迷楼，亦称怪楼，是周庄的一景。

⑩去病，即陈去病；玄瑛，亦作元瑛，即苏曼殊。柳亚子和南社的诗人常常在迷楼相聚。叶楚伧，国民党要员。

沁园春·浮山

　　扬子浮山，别致风光，美丽富饶。似江中绿叶，蓬莱海上。巉岩怪石，幽洞松涛。三十六岩，七十二洞，堪与黄山比美姣。摩岩字，展兰亭盛事，香墨飘飘。

　　文山如此妖娆。育历代天之骄子苗。昔哲家以智，长眠山麓；文豪姚鼐，引领风骚。黄镇光潜，旭光大道，院士科研争比超。长江水，毓英贤辈出，史册昭昭。

词
曲

水调歌头·黄山纪游

　　甲午之秋,昊儿一家从羊城来到家,我们同其一道上黄山。在昌年的精心周到安排下,畅游诸峰,饱赏其美景,喜填《水调歌头》以记之。

　　久有黄山志,未了再登情。儿孙沿路相伴,愉悦达光明。始信生花梦笔,写尽群峰姿色,绘出排云亭。神奇飞来石,四海客人迎。

　　天都险,莲花秀,玉屏莹。天都骤雨难以再上,待天晴。怪石奇松云海,美景流连忘返,突兀电雷鸣。冒雨下山去,喜见瀑流生。

作者夫妇与儿子一家在黄山光明顶

散文

父亲的回忆

这几天,我在看羊羽主编的《我的父亲母亲》。读了胡适、丰子恺、老舍、史铁生、贾平凹等人写的文章,心情不能平静,父亲的形象一直呈现在眼前,久久不能离去,很想自己写点回忆父亲的文字。

我的父亲是个农民。在我的记忆里,他的背稍有点小弯曲,蓄胡须,胡须略呈黄色,且下边的一缕稍长,剃光头。他个头不太高,大约一米七左右。他一生没有照过相,没有留下照片给我们,这是我给他写的速写像。

父亲给我的印象是聪明能干。他种地栽菜,很讲科学。他种南瓜,早晨去给它进行人工授粉,结的瓜多,家里吃不掉,常常用来送人。他种西红柿,会嫁接,别人常向他请教,他不保守,手把手地教人家。他自己种烟草,并且自己动手制作了一个木制刨烟丝的工具。烟叶晒干后,他让我帮他把烟叶的烟茎抽掉,一片片地理顺,平整地放好。他把我理好的烟叶放到刨烟丝的机子上,用绳子和木栓加紧,然后用刨子刨。烟丝刨粗了,他把刨子口紧一下,出的烟丝就细了。烟丝制好后,如果是忙不过来,他就装在烟袋里抽了;如果不忙,他会用白纸转成纸烟。在我的记忆里,他从来没有买过烟,他抽的烟,都是自己亲手种制的。他的动手能力特强,他会木工。家里的木凉床、小桌子、大小凳子,都是他利用阴雨天或农闲时自己做成的。他不仅会木工,还会做竹器活。他用刀将竹子劈开,然后一层一层地劈。外边一层叫青皮,一般用来打竹篮子,二层的较好,用来做簸箕、筛子等。他会编织渔网,自己下塘捕鱼。平时我们家吃的鱼虾大都是他捕捞的。有时家里来人或缺少菜,他就拿着网到门口的水塘里去捕鱼,不大一会儿,他就弄到一碗鱼,有时还能踩捉到一只鳖。那时吃鳖,尽管是野生的,但没有今天这样珍贵。我看过他捉鳖。在捉鳖前,他用双手使劲地击打水面,然后观察水面哪里冒泡,在冒泡的地方,他再用脚去踩。他说,一般鳖听到击水的响声,就会爬动,这样在它爬动的地方就会冒起水泡,因此,在出现水泡的地方,一般就能捉到鳖。这是他的捕捉经验。他还会盖草房子,不仅自家的自己盖,别的人家叫他,他也乐意去帮人家。父亲还会扎一些花灯之类的东西。每逢过年过节,他总要给我扎上一些玩的东西,扎得多的是我喜欢玩的飞机。这种纸飞机里面可以插上蜡烛,一到天黑,我就将蜡烛点着,举着飞机满村地跑。同龄的孩子都很羡慕我。父亲做豆腐的手艺很高。他会浇豆腐皮(我们家乡叫千张),制豆腐果。他是用点浆的方法做豆腐的。豆浆做好后,他将配好的石膏轻轻地倒入煮好的豆浆里,用长把锅铲在里面搅动一下,不一会,豆浆就变成了豆腐脑。然后,他再用勺子将豆腐脑舀到铺有布的筛子上，等舀满后，再把布覆盖上，然后再用锅盖压一下，把水挤压掉，这样豆腐就制成了。因为他的点浆技术高，没有失过手，所以邻居们常常喊他去点浆。父亲就是这样一个人，他什么都会一点，样样都能干一点。他说："自己能动手，比求人好。"

父亲从小没有上过学，未成年就在姑父家做工，学做豆腐。后来，他到江南去谋生，卖过盐，做过锯匠。他到过徽州各县，对绩溪仁里村他熟得很，什么上下祠堂、豆腐坊、邮电局，他都知晓。后来，我和爱人结婚后，他还谈起在仁里的事。他说，仁里那时叫大仁里。我们本来是唯物主义者，不相信迷信和命运。但是，我们的父辈在旧社会却在同一个村落生活过，你说怪不怪呢？因此，我爱人常说："这一辈子跟你是缘分，是命运，我不认也得认了。"父亲在我们结婚那天特别高兴，他张罗了几桌酒水，只邀至亲参加了我们的婚礼。他嘱咐我不要多喝酒。我谨记他的教诲，不仅结婚当天我没有喝多少酒，就是后来在工作当中，也从不贪杯。父亲没有享到我们的福，在我们婚后的第二年就去世了，享年七十三岁。

新中国成立初期，父亲担任村农会主任。他办事公道，待人和气。他乐于为民办事，从不计较个人恩怨，群众口碑很好。他走到村里，人们都叫他"老主任"，有时我跟在他后面，人们开心地喊我"小主任"。他虽然不识字，没文化，但他对文化很重视。在扫盲运动中，他把家里的门窗、用具等，全都贴上了相应的字，自己学着写，学着念。他后来认识自己的名字，也能认得几个字，是得益于扫盲教育。新中国成立之初，我们庄有一位教私塾的王临川老先生，乡里要他去教小学，他不愿意去。父亲知道后，亲自到他家了解情况，做工作。父亲知道他因为生活不便而不愿意去后，给他安排在本庄教书。我们庄上有一座关帝庙，父亲让他在庙里面教学生。因为是庙宇，里面还供着菩萨。孩子们好玩，等老先生不在，他们就藏在菩萨龛里捉迷藏。老先生回来了，发现孩子们对菩萨不恭，那还了得！他拿起教鞭就打。那时他用的教鞭是小竹条子做的，一鞭子抽下去，身上会留下一道痕。我看他打得小学生嗷嗷叫。看到这情景，年幼的我吓呆了。后来，村里小学的公办教师到我家动员我上学，我说老师打人，不愿意去。父亲为村里的孩子学文化做了件好事，但我却因为王老先生鞭打学生这件事错过了一年上小学的机会。

　　我的父亲是一位平凡的人，但他在我眼里，是非常聪明能干的一个人，是一个没有文化但又十分重视文化，爱学习的人。父亲离开我们三十三年了，这些印象至今依然十分清晰，今天把它写出来，是对他老人家的回忆与纪念。

2007 年 7 月

母亲给我的财富

母亲给我的财富不是豪华住宅,不是金条银器,不是珍奇珠宝,而是勤劳节俭,是无私奉献的精神。

母亲是从旧社会走过来的,在旧社会生活了大半辈子。她知道生活的艰辛,知道油盐酱醋茶的昂贵。新中国成立之初,我国一穷二白,物资极其缺乏,连火柴、煤油都难有。那时火柴叫洋火,煤油叫洋油。我们家里点灯用的是自家种的油菜子压榨的油,她晚上做家务总是只点燃油盏里的一根灯草,在微弱的灯光下纺棉线。棉线纺到一定数量,她就坐上织布机去织布。那时,我们穿的衣服全靠母亲的那双手。晚上,她把饭菜做好,等我们吃过饭,她把锅碗洗涮好,就开始纺棉花。秋冬时节是她纺织的繁忙日子,那些日子的晚上一般我一觉醒来时她还在纺线,估计那时已经是深夜一两点钟了。第二天一早,她又是第一个起床,放鸡,喂猪,做早饭。等我们吃饭的时候,她在忙着洗衣服。那时洗衣服还没有肥皂,是用皂角,就是那点皂角她也舍不得多用。她一般将皂角打在袖口、衣领上,用手搓。其他地方少打皂角,放在洗衣板上搓。她洗衣服用两个盆,一个盆放上身衣,一个盆放下身衣。她洗衣很费时,但是洗得很干净。

衣服破了,她要找一块相同的布用针线缝补上,记得我上小学、中学时都穿过有补丁的衣服。那时,穿补丁衣服很正常,大家都穿。不仅百姓穿,领袖们也穿。据报载:1954 年 8 月 24 日,毛泽东会见英国前首相艾德礼,工作人员见他穿着一条屁股上扎满了罗纹补丁、膝盖等处磨得发白的裤子,劝他换一条。他说:"不要紧,谁看我后面呢?"在那个年代,实在补不了的衣服,母亲也不会扔掉,她将那些不能穿的旧衣服洗净,用来做鞋底。那时,我们穿的鞋子,都是她一针一线做出来的。胶鞋、球鞋,那时还稀少。

母亲不仅勤劳节俭,更具有一种无私奉献的精神。

母亲一生勤俭持家,她把自己的一切毫无保留地奉献给了她的儿女。她做早饭,一般是煮稀饭,等稀饭开了以后,她用一个罐子捞一些米,用盖子盖上,放到锅洞里用烧稀饭的余火围着,等稀饭烧第二遍的时候,罐子里的饭也就好了。这饭一般是给爸爸吃的,因为爸爸要出去干活,吃稀饭容易饿。有时爸爸吃剩下的干饭,她就装给我吃。这种罐子焖的饭好香,后来我也吵着要,她就多捞些米,让我和爸爸两个人吃,她和我姐姐都是吃稀饭。晚上,剩下的饭菜,她很少倒掉喂猪,总是把它装起来,用碗盖着,放到碗橱里。第二天,她把剩饭剩菜加热一下,自己吃。她说:"浪费粮食是要遭雷打的。"正因为母亲的勤俭持家,在 20 世纪 60 年代初的三年困难时期,我家比别人家要晚断粮。记得那时我在浮山中学上学,周末回家,她做山芋粉圆子给我吃,至今我还记得它的美味。后来,圆子就没有了,她给我吃榆树皮粑粑,因为肚子饿,我亦吃了,那味道不好,非常难咽。

母亲给我的勤劳节俭的财富,使我受益终身。她的这种美德,不,这种财富留给了我。去年,我的一双毛皮鞋底子破了,面子还是好的。老伴要我重买一双,她说:"现在又不是穿不起,搞得那么寒碜干吗?"可我将毛皮鞋拿到修理店花五十块钱换了底,穿着也不难看,还挺好的。今年,我穿的衬衫,领子破了,我让爱人拿到修补衣服的小店里将它翻过边。那天正好我的学生张成舟来家,老伴数落说:"你看你鲍老师,他的衬衫破了,还要我去补。现在哪个还穿破衬衫?"张成舟也说:"是啊! 鲍老师,像你这样,制衣厂就要倒闭了,GDP 怎么提高呢?"我说:"节俭是中国人的传统美德,我们不能把传统的美德全抛掉啊!"现在,我们的物质生活水平的确提高了,消费观念也变了,这是时代的进步,我承认。但是,我们的下一代似乎有一种观点,以前的东西包括传统美德,似乎都过时了,落伍了,应该淘汰。这是因为他们没有过过我们那个年代的苦日子,没有吃过树皮,再加上我们的媒体对此也宣传得少,有的宣传甚至起反作用,所以我们的传统在渐渐淡化、渐渐消失。

　　我之所以至今还保持着节俭的作风,得益于母亲给我的财富。

2013 年 12 月

散
文

怀念张海鹏老师

清明节到了,在这个祭奠先人的日子里,我更加怀念张海鹏老师。张海鹏老师,他生前是安徽师范大学校长,历史教授,安徽徽学研究中心名誉主任。

我认识张老师是在1965年秋。那年,我考取了合肥师范学院中文系,在同乡学兄的引荐下,结识了张老师。那时,他大约四十岁左右,是历史系知名教师。他出身贫寒,可谓是"根红苗正",完全是凭借自己的才智和自学,成就了学业。他在史学研究上颇有建树,20世纪60年代初,他应邀出席了史学界的盛会——孔子学术研讨会,在山东曲阜朝觐了孔子。当时安徽享此殊誉的仅两人,另一人是万绳楠。1966年,文化大革命爆发了,万绳楠因为"三家村"的关系,在安徽第一个被批斗。张老师亦幸免不了。他被打成了反动学术权威,罪行是朝觐孔子。那时,我到他家,他指着书架上的古籍线装书说:"就是这些书害了我。"后来,再到他家时,那两书架的古籍不见了,书架上空空的,放着几本"红宝书"。我们彼此相视,黯然至于泣下。

珍宝岛事件后,我们在"知识青年到农村去"的号召下,去合肥郊区长丰县朱巷接受贫下中农再教育。张老师等一批"牛鬼蛇神"也同我们到了农村。我同他住的村子相距七八里。那年冬天特别冷,雪特别大,有尺把厚,我顶风冒雪去看他。这次,他特别动情,声音有点哽咽。他同我们系的祖保泉主任在一起,祖主任说,我和海鹏现在是"一年三百六十日,风刀霜剑严相逼"。当时他们处境之艰难是难以想象的。

后来,我到了白湖部队农场,接受"劳动锻炼",彼此失去了联系。20世纪70年代初,我从农场分配到江南小镇后,几经周折,打听到他的信息,知道他在芜湖赭山脚下的安徽工农大学(即今天的安徽师范大学)。我写信给他,他极为高兴,立即给我写了回信。他说:"盼你的来信,已经很久了。当你们分配的消息传来后,我就惦念着你不知分到哪里。""别后,尽管我们音讯稀疏,但在彼此的记忆里,总都留着难以忘却的印象。"字里行间浸透着他对我的关切之心。他鼓励我说:"江南这个地方不错,相信你,不,还包括牧韵春同志,是一定能够在江南大地上,为革命事业而花红果硕的。'春风又绿江南岸'这一名句,我随手拈来,就不单纯是叙景了。"由于他的鼓励,我在李白歌咏的秋浦河畔一所重点中学工作了十七年,把人生最宝贵的青春献给了江南,直到1988年才调到合肥,算是没有辜负他的希望。1973年初,他送我一本《鲁迅杂文选》。他告诉我说,过去的一年,是他的生命史上学运游运亨通的一年,先后到武汉大学、中山大学、杭州、上海、北京、长春、沈阳、天津等地的高校进行学术交流。他说他要把失去的时间补回来。

随后,他忙于学术和政务,我亦忙于教学,彼此联系稀少。他在来信中说:"书信往来是以年度计,而思想上的惦念,则是与时针的

散文

转动一样。"直到 1999 年秋季，我和爱人牧韵春到芜湖检查学生实习，特地抽空去看他。他特别高兴，放下手中的书稿，陪我聊天。其间，师母煮了鸡蛋端上来。他给我们每人拿了两个，硬要我们吃。他说："这是家乡的风俗，你可要领情啊!"那天晚上，我们谈得很久，要不是来人催着拿他的书稿，恐怕还要晚些。我要他注意身体，他说他身体很好，每天晚饭后都去爬赭山。今晚算巧，因为人家要书稿，没有去，不然你们还找不到呢。我庆幸同他的缘分，终于见到了他。那时，他已经从校长的位置上退下来了，但是在学术研究上他一直在领跑。他说，不久要到合肥来，安徽大学校长邀请他主持徽学研究。我说那很好，我们可以经常见面了。随后不久，他打电话给我，说在安大外宾招待所。我和爱人执意要去看他。他说，这边工作正在忙于筹建，很忙。你在合肥，日后见面的机会多，硬是不让我们去。当时，我们怕影响他的工作，听从了他的话，也就没有去看他。后来，读朱万曙先生主编的《论徽学》，才知道他当时的确很忙。朱教授在该书的《徽学研究中心纪事(代后记)》中说："安徽师范大学原校长张海鹏教授是德高望重的学者，……作为重新组建的安徽大学徽学研究中心名誉主任，海鹏先生不仅出主意，提思路，而且来往于芜湖合肥之间，参加教育部的座谈会和专家评审会。我想，回忆中心的建设历史，不能忘却海鹏先生。他为了学术而摒弃其他的精神是令我们无限敬佩的。"

　　新世纪初，我到同学徐学林家串门，在他的书架上翻开一本南京大学出版社 2000 年 12 月版的《安徽文化史》，我大吃一惊，主编张海鹏三个字用黑框套上了,我简直不敢相信这是真的。从徐学林家回来,我急忙打电话,问了几个人,他们说张先生已经离开了人世。我悔恨当时没有到安大去看他,竟然留下了终身的遗憾。张老师就这样匆匆地走了……但是他的为人品德,他的学术成就永远留在我们的心里。"他为了学术而摒弃其他的精神是令我们无限敬佩的。"他是我们无限敬佩和怀念的师长,他永远活在我们的心里。

2001 年 1 月

散
文

最后一面

　　1999 年秋,我和爱人牧韵春到芜湖检查学生实习。一天上午,我们特地去拜访我们的大学班主任——贺崇明老师。

　　这是我们 1969 年离开学校后的第一次见面。我们在安师大一路问人,最后在一位曾是他的学生的人的指引下走进了他家的门。他当时的住房条件不是太好,是一栋老平房。我们敲门,他爱人开了门。我们自报家门,在房里睡觉的他穿着睡衣出来了。他说:"身体现在不好,患有多种疾病,所以到现在还没起床。"三十年没见,当年英俊飒爽的贺老师显得有些苍老,岁月的风霜染白了他那乌黑的头发;疾病将他折磨得有些疲惫。我们要他去洗漱,吃早餐。他说:"你们来了,三十年没见,怎么能呢! 在当今,像你们这样纯粹来看老师的,已经不多了。"他向爱人要了一杯开水,将几片药吃下,就跟我们聊起来了。他说他是淮河岸边的一个孤儿,从小到大是社会上的好心人将他拉扯大的。他说,他不能忘却一位大叔,是他用微薄的教书薪金供自己读完了小学和中学。后来他考取了合肥师范学院中文系,因成绩出众,留校当了老师。又因为自己出身贫寒,根红苗正,学校将其作为后备干部培养,下到石台县进行"四清",1965 年回校后准备提拔,因为系内个别主要领导的反对,最终做了我们的班主任。文革爆发后,他成了中文系的批斗对象,他的日记就成了反党罪证。我看过一篇揭发他"罪行"的大字报,是说三年困难时期,他走到三孝口的一家小饭馆前,自己饥饿难忍,想吃而又不能,只好将自己的裤带一连紧了两下。就这件事,在那个年代,被上纲上线到反党反社会主义,真是荒谬绝伦。

他给我们讲述了这样一件事:1966 年夏天,当时他住在省银行学校,爱人生孩子,还在月子里,一天下午,中文系的一班"红卫兵"突然冲进了他的院落,把他从屋子里揪出来。他当时只穿着短裤衩和背心,让他站在一条长凳上,两个人按住他的手和头,要他交代"反党"罪行。他说,当时犹如晴天霹雳,他怒目圆睁,不知所措。揪他的人大吼道:"贺崇明负隅顽抗,怎么办?"这时,一个小麻脸的人冲上来,用手朝他的脸使劲地操了两下,随后"呸"的一声,向他的脸上吐了一口唾沫。他说,我是北方的硬汉,哪能受得了这种窝囊气!但是,人在身不由己的情况下,是没有办法的。我们说:"还有这等事? 当时对您的批判斗争,我们怎么一点儿也不知道呢! 这是我们听您讲才知道有这样的怪事。"他说:"你们当时单纯,哪知道呢!"我们劝他,安慰他,要他忘掉这件不愉快的事。他说,这件事刻骨铭心,一辈子忘不掉啊! 我抬头看了一下他的脸,他的脸色很阴沉,眼睛有些湿润。我们知道他内心的痛苦,把话题岔开了。

我们谈起他做班主任、做教师的事。他说起我们班的同学如数家珍,他讲起我们当时作文在班级讲评的事。我佩服他的记忆力。1965 年秋,我们在大礼堂听了新华社记者穆青关于采访兰考县委书记焦裕禄的报告,他布置了一篇作文,我便写了一篇赞颂兰考县委

散
文

书记焦裕禄的《三春柳赞》，这篇抒情散文他在班上读了，讲评了。牧韵春的一篇《人勤春早》散文也在班里讲评了。这件事他居然还记得，这是我们没想到的。他说，你们后来相爱，于此不无关系吧！"是的。"我们点头称是。他说，现在你们养了三个有出息的儿子，是你们最大的资本。我们感谢他的鼓励和安慰，他告诉我们：他也有三个孩子，一男二女。儿子在广西大学当教师，算是子从父业。小孙子特别聪明，经常在电话里背唐诗给他听，逗得他乐开了怀。大女儿在深圳，小女儿在身边，在芜湖一家银行工作。我们都为他拥有这样一个温馨而幸福的家感到高兴，邀他到合肥来玩玩。他答应了。他说："1998年到深圳，我是从合肥走的，住在你们的下届学友安徽中医学院纪委书记陈昌元家里，那次就没有惊动你们班同学了。"我们说："下次到深圳，在合肥就由我们安排了。"他说："好！"我看看表，已经过了11点，便起身要走。他要留我们吃饭，我们婉言谢绝了。一个上午就这样不知不觉地过去了。我们走的时候要了他的电话号码，他用一张卡片写了给我们，这张卡片至今我们还珍藏着，作为我们对他的怀念。

从芜湖回到合肥后，我们曾跟有些同学谈起贺老师，讲到了他的非常人生经历。大家都为他的出众才华被埋没而可惜。贺老师能说会唱，京剧唱得特棒。他的字写得也很洒脱，文字功底很好。说实话，他适合从政。如果当年从政的话，凭借他的才智是可以干出一番事业的。那年春节，我们打电话过去向他拜年，他特高兴。他说："给你们俩写了一首诗，还没有最后定稿，写成后再寄给你们。"我们听到他给我们写了诗，真是喜不自禁。后来，我们一直在盼他来合肥及他给我们的诗作，然而却一直没有信息。2005 年，我们班的同学想搞一次同学聚会，庆贺我们进入合肥师范学院（原校址在今天的中国科技大学）四十周年，特邀贺老师来合肥，我们夫妻俩也极力促成这件事。就在我们筹办同学聚会的时候，听说贺老师去世了。这对我们来说打击太大了！我们知道他患有心脏病，但万万想不到他走得这么快，走得这么突然！1999 年秋的那次见面，竟成了我们的永别！竟成了我们的最后一面！

2007 年 7 月

散文

忆老钟

老钟离开我们整整一年了！

一年来，他的音容笑貌常常出现在我的眼前，四十年前同窗共读的点滴往事历历在目。

1965年秋，我考进了合肥师范学院中文系，分在三班，班长就是老钟。老钟姓钟，名承才，当时同学们都不叫他的名字，都尊称他为"老钟"。

老钟的宿舍与我的宿舍是门对门，我在一组，他在三组，他在南面，我在北面，彼此认识早，接触多。记得他喜欢与人掰手劲。我们楼底下的同学都不是他的对手。他的名声传到楼上，楼上有力气的同学就跑下来同他较手劲。他不拒绝，以礼待之，同之较量。一次刘家斌同几个同学从楼上跑下来要同他较劲，我亦跑过去看热闹。只见他俩在寝室桌子的一边坐下，各自伸出自己的右手，手指相扣，肘部抵着桌面，待到平衡后，裁判喊声"开始"，双方就开始掰。刘家斌鼓足劲，用力将老钟的手往下掰，眼看刘家斌就要把老钟的手掰倒了。在这千钧一发的时候，大家齐声高喊："老钟加油！"只见老钟镇定自若，他顶住了刘家斌的进攻，形势对老钟越来越有利。在众人的加油声中，老钟最终取得了胜利。这样，楼上的同学也都佩服他的手劲了。老钟的手劲大是因为力气大。后来为了备战，学校下迁到农村,在食堂的场地上有两筐湿煤,至少有二、三百斤,很少有人能担得起,只有老钟和刘家斌等少数几个人能担起来。场地上有一个农家打场用的石碾子,也只有老钟和刘家斌几个人能翻动它。因此,老钟的力气大是很出名的。

　　1965年珍宝岛事件爆发后,中国和苏联在东北边境交火。当时,在毛主席"知识青年到农村去,接受贫下中农的再教育,很有必要"的伟大号召下,我们下迁到长丰县下塘集附近的乡下。我们住在村子的队屋里,睡地铺,被子底下就是一层稻草。晚上无事可做,冬季夜长,既无电视看,也无收音机听,大家只能坐在被窝里取暖,讲故事,说笑话。老钟的故事多,说得很精彩。他吐词不紧不慢,讲到搞笑的地方他自己也不笑,逗得大家乐呵呵地大笑。这一年的冬天,雪下得特别大,路上的积雪很厚,有的地方有膝盖深,有点像去年冬天的大雪。食堂离我们的住地有两三华里,为了一餐早饭,我们顶风冒雪,深一脚浅一脚地往前走,至少要走半个小时。有的老教授,年高多病,实在无法去吃这样的早饭。有一天吃早餐,老钟拾到了一块瑞士手表。当时,没有人知道老钟拾到手表。老钟也不知道这表是谁的,他到处问人,才找到了失主。后来我们才知道,这块表是孟永琦教授的。20世纪60年代,手表还是个稀奇物,一般人是没有的,更何况是瑞士表! 老钟拾金不昧的精神令人称赞。

　　老钟做事总是以身作则,身先士卒。在长丰朱巷的时候,我们住在一所中专学校里,这里吃水要靠人从井里打,记得是各班轮流打水给食堂做饭。轮到我们班打水,老钟总是第一个冲到前面。他很熟练地把空桶放下去，打满水，然后凭他的手劲，一把一把地往上提，几下就提上来了。像我们这些不熟练的人要半天才能打上一桶水，他的速度是我们一般人的几倍。后来我们到了庐江白湖军垦农场，他担任三排长，吃苦的事，脏活、重活，他都是走在前面。那时，我们合肥师院的十四连和中国科大的十五连在青山担任部队农场的建设任务，主要是搬运建筑材料。最苦的事就是三伏天从船上卸生石灰了。那个石灰末不仅呛人，而且粘上皮肤，就会将皮肤烧起泡。大家都怕干这个事。老钟遇到这样的活，总是第一个跳进船舱，在舱里装石灰。汗水和石灰末将他的颈脖烧得通红，他也顾不上。有人要去换他，他不肯。

老钟的人品好。他为人正直，厚道。他是班长，要管理一班同学，但他的人缘一直很好。他在世的时候，我们合肥的几个同学经常到他家做客。有一次他邀方选洲、孙建荣和我到肥西钓鱼。他在垂钓上是高手，能根据水花大小断定鱼儿的大小和鱼儿是否上钩。那天，我们三个人钓的鱼还没有他一个人钓的多。回来的时候，他只拿了三、四条，其余的他硬要我们三个人拿回家。他说："我经常能钓鱼，吃鱼很容易，不像你们平时出来少，来一趟不容易。"不仅我们合肥的几个同学喜欢到他家去玩，就是外地的同学来合肥，也都要抽出时间去肥西看他。利辛的黄焕民、太湖的张敏学等都去看过他。去年炎夏，他生命垂危，住在肥西中医院。我们在合肥的几个同学去看他，那时，他已经不能进食，人瘦得不成样子。我真的不相信当年能掀翻石碾的硬汉，竟然病成这样！此时，他已经不能说话了,脚也浮肿了,不过神志还清醒。他几次示意要曹清云将他扶起来,他要正面看大家。我们几个人都不忍心他这样,因为这时他实在是没有力气了。我们都劝他躺着,他不肯。我们安慰他,要他安心养病,等秋凉后再来看他。陆善生对他说:"老钟,你的人格魅力是大家公认的。你是个正直的人!"老钟的确是个正派人,是个大写的"人"!

前几年,我们在合肥的同学想搞一次全班同学进校四十周年聚会。大家一致推举老班长牵头,他谦和地说:"班长是过去的事,现在牵头还是你们合肥的几个同学吧!"我们说:"班长不牵头,哪个牵头?"他见推不掉,便说:"那我们一道牵头吧!"为了这次同学聚会,他多次邀请我们到肥西商谈同学聚会事宜,并热情地款待了我们。后来,事情没有办成,他亦为之遗憾。现在,老钟走了! 我们再也看不到他了,他留给我们的是永久的思念。

2008 年 8 月

散文

我的语文老师马茂书

马茂书老师是我五十年前的语文老师,他今年九十高龄了。离休前,他是枞阳中学的高级语文教师,安徽省优秀教师,安庆地区中学语文教学研究会会长。

三年困难时期,我在枞阳中学读高中。高三那年,记得是1963年秋季,马老师从桐城师范调入我校,教我们高三(一)班和(二)班的语文。那时他还不到四十岁,可是头发大部分已白了。他个头较高,大概一米七五的样子,戴一副近视眼镜,说话铿锵有力。听说他出身于书香门第,是桐城名师,枞阳县教育局费了不少劲才将他调进来。

有天晚上我和喜欢写诗的汪善发同学到他家去求教,他便把马茂元的著作《古诗十九首探索》《唐诗选》拿给我们看,书的扉页上写着"赠书弟存阅",这样,我们才知道他的显赫家世。原来他是桐城派殿军马其昶(马通伯)的孙子,其兄马茂元是上海师范大学的教授,著名文学史家、古典文艺理论家。

马老师对古典文学情有独钟,对虚词、实词的用法讲得很细,要求我们直译,一个字一个词要尽量对号入座。每次讲完一课后,他会引导我们归纳整理虚词、实词,并注意同已学过的词的联系对照。他自己将归纳的虚词、实词、特殊句式印成讲义发给我们。他说,这是学习古汉语的必由之路,掌握多了,就能摸到规律,就能自学了。当时我们都按照他的要求去做。他讲授古典文学不仅讲得细,讲得认真,还要求唱读,要求全文背诵,比如《过秦论》《屈原列传》那样的长篇都要求我们背诵,并且自己亲自做示范。我们当时觉得新鲜、稀奇,也都跟他的节奏唱读。时隔半个世纪,他唱读的声调还在耳边回荡,唱读的情景还历历在目。

今天回想起来,他的这些教法,使我终身受益。我对古文的兴趣和功底是马老师给夯实的。

他教我们作文,要求我们写实,要写真情实感,要有感而发,不讲空话。写议论文,他要求有理有据,要求就事论理,他说:"隔行不隔理,一定要摆事实,讲道理。"他对我们作文改得认真,一般都会给一个切中要害的批语。他给我们的作文打的分数不高,最高给80分。他说,在他手下能有70分以上的作文,就是好文章了。他告诉我们,分数只是一个评判标准,有的老师给得高,有的老师给得低,这没有关系,关键在于你的真实水平。经过他这番解释说明,我们也端正了对分数的看法。

在20世纪80年代初,我出席安庆地区语文教学研究会年会,他在年会上就高考作文做了专题发言,记得他发言的题目是《二快一八练考文》。二快,一是要快速阅读材料,二是要快速写作;一八,指一篇文章在800字左右。他的发言得到与会者的一致认可,大家对他的发言报以热烈的掌声。在这次教研会上,他被大家推选为教研会会长。这也是我从枞阳中学毕业以后第一次见到他。我大学毕业以后被分配到江南秋浦河畔的殷汇中学(当时属于安庆地区的重点中学),虽然只隔一条长江,但由于交通不便,平时很难有机会见到他。我为有这次见面的机会感到庆幸。他还像当年那样地关心我,问了我毕业以后的一些情况,我一一地告诉了他。他得知我在贵池县殷汇中学教语文,担任教研组长,极为高兴,鼓励我好好教书,注重育人。他说,语文教育的育人具有得天独厚的优越条件,它的教育在潜移默化中。他的这些至理之言,对我的教学起到了积极的作用。我的一些教学方法也借鉴于他的方法。如果说我在殷汇中学的教学取得了一点成绩,那与马老师的指导是分不开的。

马老师今年已是鲐背之寿了,我们衷心地祝他健康长寿。我用拙笔为老人家写了一首祝寿诗,题目是《贺马茂书老师鲐背之寿》:

马老鲐文甲午春,
茂林大树厚基尘;
书承通伯桐城嗣,
寿比巴盘黄卜新。

2014 年 3 月

金汉杰的为官做人

金汉杰是我大学的同班同学,在我们同班同学当中,他的官是最大的了——正厅级。退休前是安徽省教育厅副厅长,正厅级巡视员。

金汉杰大学毕业以后,便分配到省政府工作,从科员做到正厅,他是一步一个脚印,脚踏实地上来的。20 世纪 80 年代,他在任安徽省教委副主任期间,分管人事、财务工作,可谓权重。但他从不以权谋私,他自己的大孩子当时学校毕业以后被分配到蚌埠,那时他完全可以动用手中的权力将孩子分到省城,但他没有这样做。为此事,他爱人曾同他争执过,他硬是不肯,一直让孩子在外地待了多年。他爱人谢老师一直在合肥七中教语文,担任两个班的语文教学工作,回来后还要忙家务,家中上有老,下有小,全靠她一双手,实在够呛啊。就是这种情况,他也没有利用手中的权力去为爱人调换工作。他爱人一直在七中兢兢业业地工作,站三尺讲台,直到退休。有人说他不会当干部,不会用权。他说:"权力是人民给的,要界定权力界限,不能以权谋私,在谋私方面,我确实不会用权。"对于同学、同事、同乡、熟人找他办事,在不违背原则的情况下,他可以接受,一旦要他动用自己手中的权力去办违背原则的事,就免谈了。在这点上,他不怕得罪人。

散文

在对待个人福利上，他总是先人后己。就说分房吧，教育厅搬到金寨路后，在省教育学院后面盖了几栋家属宿舍，当时他家上有高堂父母，下有小孙上学，按照他的级别、资历，应该分得一套较好楼层的住房，总不该是"顶天立地"吧，可是他偏挑了个顶层。在顶层住了多年以后，教委其他同志换房，他才从顶层搬到三楼。

在对待个人升迁上，他从不钻营，从不跑官要官。20世纪90年代初，省委安排他到偏僻山区六安地区挂职副专员，准备给予迁升。在挂职期间他兢兢业业地工作，为当地政府和人民做了大量的实事、好事，深受六安地区人民的欢迎和爱戴，这点老百姓的口碑是最好的说明。挂职期满后，他回到教委，那时正在换届，由于省委人事变动，有人建议他到新领导那里走走，他不肯。他说："听从组织安排。"在新一届教委分工时，他主动要求分管基础教育这一块。须知，基础教育这块摊子大，事情烦，在教委里面一般人是不愿意干的，而他就是挑别人不愿意干的自己来干。在他负责基础教育的工作期间，组织编写了普通话教材和中小学乡土教材，亲自撰写序文。为了抓好娃娃教育，他更是身体力行，自己撰写幼儿教材。他跑遍了全省的城市和山村，冒严寒，顶烈日，到中小学去考察，可以说他为全省的幼儿教育、中小学教育耗尽了心血。功夫不负有心人，由于他拼命地工作，安徽省的基础教育得到了国家教育部的认可，受到了国家教育部的表扬。直到现在，他还在为基础教育奔波，还担任着安徽省教育学会会长一职。今年3月7日，他还到巢湖春晖学校调研，指导工作，为民办教育拓展路子。在该校调研时，他说："春晖学校是巢湖教育史上的一座纪念碑,是巢湖人民心中的功德碑,是民办教育战线的一所明星学校,为民办教育的发展提供了宝贵的经验;春晖学校思考的问题不仅是春晖改革的方向,也是全省、全国教育界思考的问题,春晖学校为教育改革做出了巨大的贡献。"

金汉杰如今已是古稀之年的人了,他的心还在基础教育这块园地里,他说,他要像春蚕一样,为安徽的基础教育吐尽最后一根丝。然而,谁能知道他是顶着怎样的家庭负荷来工作的呢?

2005 年,一场灾难降临到他的头上。他的爱人谢老师突发脑血栓,当时幸亏他在家,及时将谢老师送到医院抢救,虽然保住了性命,但落了个半身不遂的后遗症,而且还丧失了语言能力。

十年来,他对妻子不离不弃,精心护理,一般人是难以做到的。他所承受的艰辛也是普通人难以想象的。在那风雨交加、雪花扑面的日子里,他穿着雨衣,推着轮椅,从金寨路回龙桥,一直推到六安路针灸医院为爱人进行康复治疗,来回一个上午,回来后自己也是一身透湿。就这样他坚持了多年,由于多年的观察,他对针灸、推拿、打针、用药有了一定的了解,俗话说,"久病成良医"。为了让妻子减少路途上的折腾,他学会了给妻子推拿、针灸、打针;为了恢复妻子的语言能力,他每天把单音词写在题板上,教她发音。经过他的精心护理,奇迹终于出现了。2009 年春节我和妻子去看望谢老师,她居然能从卧室慢慢走到阳台,居然能喊出我的名字,"鲍——朝——卿"!我们都为她的康复而高兴,更为汉杰的付出而钦佩。

在他的言传身教下,他的两个儿子及儿媳,以及他的孙儿孙女对奶奶都非常尽孝。每到双休日,他们都回来看奶奶,给奶奶带来精神上和物质上的享受。他的大儿子那几年在亳州挂职,每到周末就回家来看望母亲。他说:"这些年来我们哪儿也没有去玩,就想等母亲病好些,带她出去转转,看看外面的风景。"

然而,令人想不到的是,2012年,谢老师的病又出现了反复。那年春天我从上海回到合肥去看她,她坐在轮椅上不能说话,身上插着导尿管。保姆告诉我,她在医院住了几个月,刚回家。医生说,能恢复到现在这样就很不错了。为了减少她在床上的痛苦,汉杰每天将她抱到轮椅上,让她看看电视。保姆说,她抱不动谢老师,天天都是汉杰抱上抱下。汉杰也不让儿孙们来侍候,他怕影响儿孙们的工作和学习。这些年,家中的一切都是汉杰一个人扛着。保姆动情地说:"像金厅长这样的男人,天下难找!"通过十年的观察,我肯定地应答道:"是的!"

金汉杰就是这么一个人:他为官,是一个为民办实事、做好事的官,是一个为民用权的官;他做人,是一个好丈夫,一位好父亲。他是一个好男人!

2014年3月

儿媳教我用微信

去年国庆节,儿子给我买了个智能手机,功能很多,我用了几个月,微信微博还是不会用。

今年五一,儿子问我:"老爸,智能手机玩得怎么样了?"我说:"还不行,好多功能还是不会用,上网看新闻可以,照相也还行,微信微博还是不会。"儿媳说:"老爸,我来教你。"我说:"你教我,我也不一定会,不费那个神了!"儿媳说:"老爸,你知道吗,现在用微信是一种生活方式啊。"我说:"那是你们年轻人的事,我们老年人跟不上。"儿媳见我这么说,她说:"老爸,现在老年人也在用微信微博。我妈学会了用微信,经常跟我们视频聊天,可好呢!"我没有吭声,她接着举出用微信的好处:用微信可以发送文字信息,可以发送照片,可以传送语音,可以视频聊天……她说:"老爸,你学会微信跟我们通话就方便了,而且还省了话费。"她说通话不要话费,还能和对方视频,这两点对我吸引很大。我说:"那你就教教我,让我试试看!"

儿媳先给我注册了微信账号,教我如何加入好友。在加入好友的时候,出现了好友刘思祥的头像。儿媳问我要不要和刘聊几句,我说:"好啊,他在荷兰,有一两个月没有联系了,我来跟他说几句。"儿媳教我按一下"实时对讲",过了片刻,手机就传来了刘的声音:"鲍朝卿,你会用微信了,在哪?我们可以视频聊天吗?"我说:"是儿

散

文

媳在教我用微信,我在上海。你和周陶在荷兰好吧?"这时,我的兴趣大增,要儿媳教我视频。儿媳叫我关闭"实时对讲",用手指轻点一下视频,不到一分钟,我就看到刘思祥了。我和他聊了起来,彼此通报了近况。这时,老伴也过来了,他的爱人也过来了,我们四个人一直聊到中午。儿媳说:"老爸,怎么样? 用微信好吧?"我说:"微信真好,远隔千山万水,人在国外,如同在面前,太神奇了!"

随后,思祥把在荷兰的照片发了几张给我,其中有一张是荷兰人在垂钓。思祥说:"荷兰人钓鱼不是拿回家烹饪,而是娱乐。他们钓的鱼,会放生到水中。"从他发来的照片中,我了解了异国的风土人情。我亦想把最近在上海拍的照片发几张给他。我问儿媳怎么发照片,

她说:"这也很简单,你点'图片',屏幕上会出现'拍照'和'从相册选',如果现拍的话,就点拍照;如果从已有的照片中选择,就点'从相册选择',选中后,然后按一下'发送'即可。"我按照儿媳讲的方法一步步地操作,居然也将照片发送给对方了。那天晚上,我又用微信和广州的儿子通了视频电话,看到了小孙女,极其兴奋。那个星期天是我最快乐的了,我不仅看到了活泼可爱的小孙女,而且尝到了用微信的快乐。

后来,我慢慢地摸索,不会的地方就问儿媳,她也耐心地教我,就这样,我便学会了用微信。现在,我越来越依靠微信了。而且微信还有一个好处,它可以同时跟几个人聊天通话。这对我来讲,太实用了。现在,我在合肥,每到周末,我就可以与在上海和广州的孩

子们同时进行三地实时视频通话,同时看到孙儿孙女,虽然三地相隔数千里,在微信世界里,犹如一家人在一起,真是其乐融融!

如今,我可以用微信发送文字信息,发送图片,发送语音信息,进行视频聊天……这些,全得益于儿媳教我用微信。现在我对微信的看法是:微信真奇妙,不用不知道;用了方知好,生活少不了。怪不得儿媳说:"微信是一种生活方式。"

2013 年 12 月

散
文

剪枝却为树成材

今天是周六，虽是大雪，却不见雪花飞。天晴，前几天的雾霾也被大风吹走了，外面空气还好，我带着小孙子在小区里玩。他看到物业叔叔用锯在锯树干，用剪刀在剪树枝，不解地问我："爷爷，叔叔为什么要锯树呢？为什么要把那么多的树枝剪下来呢？"我说："这不是在锯树，这是叔叔在为树修枝，剪枝是为树成材。"

他对我的解释并不满意，还是有些不明白，又问："为什么呢？"我的小孙儿有一个最大的特点就是凡事好问为什么，而且要打破沙锅问到底。其实现在我跟他讲这个问题似乎早了点，对于他的旺盛求知欲和发问，我又不能不回答。我说，把那些枝丫剪去，是为了让树的主干得到更好的生长。不剪去那些枝丫，那些枝丫就要吸收树的养分，这样树的主干的养分就少了，树的主干就长不高，长不粗，十年后它就是无用之材。用它来做家具不行，做栋梁更不行。他认真地听着，再次发问道："为什么做栋梁不行呢？"我解释说，因为栋梁之材的树干要粗要大要直，要承受大厦的重负，这些树枝丫是不能承受重负的，外力一压它就断了，怎么行呢？我顺手拾了个小树枝给他，让它折，他一折就断了；又拾了根粗的给他，他就折不断了。他听懂了，明白了，连连点头。

我见他点头，便跟他说，小孩就跟这小树一样，也需要大人的修剪。比如你身上的缺点,一些不好的习惯,就是小树的枝丫,老师和家人指出来,要你改掉这些不好的习惯,改正自己的缺点,这就是大人在给你剪枝。他听我这么说他很不高兴,反驳我说:"我才不要他们剪枝呢?"我说,这就不对了,你看小树它没有拒绝叔叔剪枝吧!譬如,你从外面回到家,自己去洗手,不让细菌进入口里,这是好习惯,我们表扬你;你在家玩玩具,弄得满屋地上都是,自己又不收拾,还要大人收拾整理,这个习惯就不好,这就是小树的枝丫,非要剪去不可。他这次没有反驳。我接着说,你有很多优点,譬如说你很大方,不小气。上个月你在东方卫视《潮童天下》做客,主持人金炜问你他临走时怎么走,你说把爸爸的福特车送给他。他问你,那你爸爸要车怎么办呢?你说再买一辆就是了。他问,谁付钱呢?你说长大后挣钱给爸爸买辆法拉利。主持人夸你大方,是个男子汉!这优点好比小树的主干,要让它发展,将来才能干大事。他笑了,我亦笑了。

　　我说:"安安,你懂得物业叔叔锯树丫、剪树枝的道理了吗?"他答道:"剪枝是为树成材!"我将他搂在怀里,亲了他一下,他亦搂着我的脖子亲了我一下⋯⋯

2013 年 12 月

散文

黄山挑夫

我这次到黄山,让我难以忘怀的是黄山上的奇松,但令我心动的还是那些挑夫。他们是黄山的另一道风景,一道别致而同样具有意义的黄山风景!黄山挑夫,可以说是黄山一道活动的风景!

我在排云亭就被这道风景吸引住了。挑夫们三五个人一队,队伍拉开有十米来长。他们皆为男性,大都是中年人,年龄在三十到五十岁之间,身着统一的黄马甲,肩上是一副载满货物的担子,一根架着扁担的木棍,躬身走在黄山曲折绵延的山道上,边走边喊"让一让啊,让一让啊"!

挑夫们走上一段路,就会把木棍放下来支撑肩上的担子,拿起毛巾擦擦汗,喘喘气,休息片刻。在他们休息的时候,我趁机同他们交谈了一下。我一开口,一个大约五十开外的男子说:"你是枞阳人吧?"我说:"你怎么知道我是枞阳人?""听你口音就是的。""那你也是安庆那边人了?""我是庐江人,叫汪永生,20世纪80年代来黄山干挑夫的,是一位老挑夫了。"因为我们是老乡,交谈就深入一点。他说,挑夫的收入是根据所挑货物的轻重和路程远近计算的,挑多挑少都是自由的。他说:"为了多赚点,会尽量多挑点。45岁以前可以挑200多斤呢,走起路来一点都不费劲,现在不行了,挑个100多斤就差不多了,真是一岁年纪一岁人啊!"我问到他的孩子,他说:

"儿子在桂林上大学,还有一年就毕业了。"谈起孩子,汪永生眼神里流露着幸福和喜悦。他说,正是为了孩子,自己才远离家乡来到黄山当挑夫。为了想跟他多聊一下,我追随着他拾级而上,趁他休息的时候和他交谈。

黄山挑夫

131

在登山途中，我看到了挑夫那黝黑的皮肤、嗅到了挑夫身上的汗味，我是踩着挑夫的汗水而上的。我徒手走十来个台阶就上气不接下气，需要休息一下。可这些挑夫肩上压着一两百斤的担子，你就可想而知有多难了。看到黄山挑夫那沉甸甸的担子，那隆起的厚实的肩膀，那汗透的黄马甲，我的心被震撼了。

我想起昨天晚上在西海饭店徐志毅经理说的话，他说：我们经营的成本很高，吃喝拉撒都得靠挑夫。柴米油盐酱醋茶都得靠挑夫挑上山，为了环保，旅客睡过的床单、被褥，丢弃的废物也都要通过挑夫运下山，没有挑夫，黄山旅游就成了大问题。他深情地说："没有他们，就没有黄山旅游。他们是黄山的脊梁。"

看到眼前的这些挑夫们在群山峻岭间，挑着沉甸甸的担子，徐徐地攀登在石阶上，我跟不上他们的步伐，只能目送着他们。我赶紧拿起相机，拍下他们的身影……

看到相机里一张张挑夫们坚实的背影，湿透的衬衫，映在这长满黄山松的群峰间，这是何等的风景啊！这时，我不禁想起茅盾先生的《风景谈》，明白什么是风景的真正蕴涵了。他说："自然是伟大的，人类是伟大的，……人创造了第二自然！"我感受到挑夫们这种强大而坚韧的耐受艰苦的能力，我想这正是黄山松精神的真实写照。这正是我们这个民族坚忍不拔、百折不挠的具体表现！

我要赞美挑夫，赞美挑夫们的黄山松精神！

2014 年 10 月

美哉,枞阳浮山!

美哉,浮山! 你是八百里皖江彩练上的一颗璀璨明珠。你既有黄山的秀丽,又有泰山历史文化的厚实。

你美,是因你"东西南北皆水汇","山浮水面水浮山"。你南临白荡湖,西邻菜子湖,南望九华,北靠长江,山水浑然一体,犹如一叶轻舟漂于水面,你是"江上绿叶""海上蓬莱"。

美哉,浮山! 你是一座沉睡亿年的白垩纪早期保存完好的古火山,独特的火山奇观为"世界罕见,亚洲唯一"。奇峰、怪石、巉岩、幽洞是你的四大奇观。你山色苍秀,岩嶂壁立,关口险隘,河湖环绕,景色至美。

美哉,浮山! 你是一座古老的佛教名山,你是史上著名的佛道圣地。佛祖灵光穿越千载,早在晋梁时期(公元 266～557),你就建有寺庙。陈隋年间(公元 557～618),你是佛教天台宗智者大师的道场。赵宋以后,你是"佛教祖庭",你见证了法远禅师与欧阳修"因棋说法"。你曾得到皇帝的崇奉和护持,他们或赐匾,或赐号,或赐经

133

书,或赐财物,从而使你寺庙、塔院林立,高僧辈出,成为驰名中外的佛教丛林。

美哉,浮山!你有明神宗颁旨敕赐的大华严寺,唐代诗人孟郊歌咏的"鬼斧何年开石室,人行此地作金身"的金谷禅寺,清代诗人李核咏赞的"远观不见寺,入寺不知山"的会圣古刹,张同之修仙得道的张公岩……著名的历史名胜古寺为你增添了神奇之美。胜景名山成就一方古刹,千年圣地传扬一片山水,美哉!

美哉,浮山!你美不仅因为你具有独特的火山奇观、古老的佛道圣地,还因你的"文"美。

你是天下第一文山。如唐宋的孟郊、白居易、范仲淹、王安石、欧阳修、苏轼、黄庭坚等均来此游览。在你这里诞生了明代著名哲学家、科学家方以智,清代桐城派三祖方苞、刘大櫆、姚鼐等名士。历代风流人物在浮山吟诗唱游,留下了上至唐宋、下至民国的大量的摩崖石刻,现存就有483块!这些摩岩石刻文体各异,书法万千。大者一米见方,小者不及一寸,或铁画银钩,或清瘦严谨,或丰润饱满,或端庄秀丽。这些摩崖石刻是你的著名文化景色。这些宝贵的文化遗产,是中华文化的瑰宝之一,现已列为安徽省重点文物,并得到保护。

美哉,浮山!你不仅拥有历朝历代无数名流雅士、文人墨客摩岩石刻,你还以文会友,留下了不朽的诗词、游记,碑记等。如果读者有兴趣,可以读一读明代理学家方学渐的《浮山赋》、明代儒学大师王阳明的《寄题浮山》、清代思想家戴名世的《游浮山记》、方苞的

《再至浮山记》、刘大櫆的《浮山记》……可以读一读今人枞阳军旅诗人方国礼整理编辑的《浮山诗词选》、当今的词赋家许孔璋先生大气磅礴的《浮山赋》……你是天下第一文山,乃是实至名归。

美哉,浮山!你除了有火山的奇观、佛山的灵光、文山的墨香外,你还是革命的圣山。1927年第一次国内革命战争失败后,上海、安庆的共产党人和进步人士,如王步文、周新民、朱蕴山、房师亮、黄镇、任锐(孙维世之母)等,都先后转移到你这里,使你成为安徽省的革命活动中心。1968年5月周恩来总理在接见浮山中学校友朱铁骨时说:"浮山地处鄂、豫、皖革命根据地的前哨,浮山中学不同于一般的学校,它是该地区革命活动的中心。"从你这里走出了新中国的外交家黄镇、军事家朱铁骨、科学家慈云桂、美学家朱光潜、中科院院士陆大道、工程院院士汪旭光……

美哉,浮山!我们仰飞来峰巨石,登妙高峰览胜,走神奇秀险火山口;钻棋盘洞探幽,听"天河坠玉"奇声;观雪浪岩胜境,临张公岩睹"浮山夕照";看陆子岩"兰亭盛事",瞧雨泻四时洗心处;绕天光云影山巅天池;朝千年古庭会圣古刹,抱千年银杏;赏先贤墨宝摩崖长廊……流连忘返。

"已从浮山来,更觉浮山好"!

美哉,枞阳浮山!

散文

2013年5月

135

秋浦情怀

四十二年前的 1972 年,我从南字 127 部队的白湖军垦农场分配到秋浦河畔的一座古镇——殷汇镇,在镇上的一所重点中学——殷汇中学执教,与秋浦河结下了不解情缘。

1973 年五一节,我同爱人回老家枞阳办完婚礼后回到单位,岳父这时拖着患有癌症的病体从马鞍山市赶到殷汇为我们祝贺。他说,殷汇镇是个千年古镇,它是皖南山区的交通要塞,素有"小上海"之称。它拥有着上千年的古文化遗产,其中有饮誉海内外的"昭明太子钓台",它风景最美,人们也最熟悉。贵池地名也是由昭明太子而定。由于昭明太子喜爱秋浦风光,爱吃秋浦鳜鱼,称赞秋浦河"水好鱼美",誉秋浦河为"贵池",五代十国的后唐,据此将秋浦县改名为贵池县,沿用至今。岳父鼓励我们在此安心工作,好好教书育人。

我的同乡师长张海鹏教授亦来信鼓励我,他说秋浦河沿河两岸风光旖旎,景色迷人,有古石城遗址、昭明钓台、仰天堂等名胜古迹。历史名人骚客纷纷踏踪而来,寻幽访胜,留下了数以万计的诗文佳作,因而美丽的秋浦河被誉为"流淌着诗的河"。他最后对我说:"江南这个地方不错,相信你,不,还包括牧韵春同志,是一定能够在江南大地上,为革命事业而花红果硕的。'春风又绿江南岸'这一名句,我随手拈来,就不单纯是叙景了。"

在父辈和师长的鼓励下，我在殷汇这所重点中学工作了十七年，把人生最宝贵的时光留给了秋浦河，献给了江南。

秋浦河正如张教授所说，它是一条"流淌着诗的河"。

诗仙李白于唐天宝八载至上元二年（公元 749～761 年）间曾"五到秋浦"，留下了 45 首瑰丽的诗篇和许多动人的传说。"青溪胜桐庐，水木有佳色"，他沿清溪游赏、垂钓，留下了 45 首瑰丽的诗篇，其中优美的《秋浦歌十七首》为秋浦仙境之魂，其十云："千千石楠树，万万女贞林。山山白鹭满，涧涧白猿吟。君莫向秋浦，猿声碎客心。"他还在《与周刚清溪玉镜潭宴别》诗中写道："我来游秋浦，三入桃陂原。千峰照积雪，万壑尽啼猿。溪当大楼南，溪水正南奔。回作玉镜潭，澄明洗心魂。"唐朝诗人杜牧曾任过池州刺史，他在池州时写下了著名的《清明》诗："清明时节雨纷纷，路上行人欲断魂。借问酒家何处有，牧童遥指杏花村。"他写的秋浦河诗也同样优美。秋浦河的入江处池口旧时有亭台，可以登眺大江的壮丽图景。杜牧在登池口黄龙山贵池亭时，写了一首七律："倚云轩槛夏疑秋，下视西江一带流。鸟簇晴沙残照落，风回极浦片帆收。惊涛隐隐遥天际，远树微微古岸头。只此登攀心便足，何须个个到瀛洲。"唐朝宰相张惠有七律云："萧梁帝业也成灰，此地惟余钓鱼台；春雨潭边萦碧柳，暮云石上锁苍苔；曾谁泛艇来凫渚，空忆垂纶傍水隈；坐话当年风韵事，烟波影里几徘徊。"另外，还有很多诗人在秋浦河留下诗作，如南宋诗人王十朋的"城南风物似西湖，万里归舟入画图"，明代戏曲家汤显祖的"铜陵山北九华西，秋浦风烟似会稽"。清代贵池诗人彭辙书有五律云:"萧梁今已远,千古仰风流。犹见高台峙,常怀帝子游。琅崖云气净,浦水月光浮。为爱空潭曲,渔人泛小舟。"秋浦河真是一条"流淌着诗的河"。这些佳作正是秋浦河的魅力所在。我的岳父被秋浦河的诗韵所感染,亦写了几首歌咏秋浦的诗作,其中有两句说"青莲十七咏,未见猿猴多"。

秋浦河是美的,在一年四季中,我对秋季的秋浦河情有独钟。

秋天的秋浦河,河床裸露,但清流不断,回旋往复。一湾潭水,澄碧如镜,清莹透彻,游鱼细石,直视无碍。河中水草,状如昆布,只是比其细小,随水漂流,摇晃不定。举目仰望,两岸群山,纯为黛色,水落山高,势抵蓝天。整条河流,逶迤于崇山峻岭之中,不知流经几多峡谷险滩,奔泻而来,穿殷汇镇而过,冲成巨大河滩,流经池口,进入长江。

秋天的秋浦河,雾起云山间,河水依山脚静静地流淌着,岸上柳树依依,泛舟河上,仿佛置身于美妙的如诗如画的山水画卷中。这时的你,如临人间仙境,美不可言。

春夏季的秋浦河,满河河水,来往船只川流不息,它是一条黄金河道。石台、祁门里的竹木柴炭茶叶需要通过它运到贵池,进入长江流域。山里人需要的物资亦依靠它运进。因此,秋浦河是一条皖南山区百姓的生命之河、黄金之河。

说秋浦河是一条黄金之河,还因为它盛产黄沙。秋浦河的黄沙质量好,无泥土石子,是建筑的优质材料。每年的枯水期,河上排满了扒沙的船只。船工们用人工或机器把河中的黄沙扒上船,然后再挑上岸,堆积起来,犹如一座座金山,在阳光的照射下,闪闪发光。这一堆堆的黄沙,在来年的春夏之季河水上涨时就是一座座金山。这时秋浦河布满了运沙的船只,白帆点点,汽笛声声,好一派繁忙景象。

秋浦河是一条"流淌着诗的河",是一条黄金之河,是一条有着丰厚历史文化遗产之河。这是我情系秋浦的重要原因。

我喜爱秋浦河畔的石城,因为它是昭明太子的封地,还是当年东吴名将黄盖当石城长的衙门故址。我喜爱秀山的隐山寺,因为那里是昭明太子的"文选楼"。昭明太子萧统,字德施,小字维摩,是南北朝梁武帝萧衍长子。两岁时被立为太子,可惜31岁时便英年早逝,未及继位。死后谥号"昭明",故后世称他为"昭明太子"。因古石城县是萧统的封邑,因此他常年在此居住。萧统是著名文学家,生来喜爱文章著述,好引纳文士,曾邀集当时的文坛名士,在石城的秀山隐山寺考订文史诗词,对先秦至南朝梁的诗文辞赋按体裁分类,进行选录,编撰了中国现存最早的诗文总集《文选》,也称《昭明文选》,萧统因此被誉为中国"总集之祖"。因为《昭明文选》是在贵池编撰而成,贵池先民敬萧统之德,仰萧统之才,在他去世后,请武帝赐太子衣冠,于秀山筑冢纪念,将隐山寺扩建,改名"文选楼"。梁大同三年(公元537年)又在秀山建昭明太子庙,供奉萧统神像。唐永泰元年(公元765年)重设池州时,将秋浦县府从石城迁州府所在地,再建更为壮观的昭明太子庙和文选楼。

我喜爱石城旁的玉屏山,因为那里有个"仰天堂"。关于仰天堂的来历,有个美丽的传说。清咸丰年间,湖北一位姓田的员外有一女,自幼信奉道教,她才貌双全,但生性古怪,她慕女道士余氏六三娘之名,到我国四大道教圣地之一的白岳(齐云山)修炼。后来她到了石城,登上山顶,在清幽的云乡竹林之中,结庐为庵,辟作道场,潜心修炼。有一年,一位进京赶考的年轻秀才,路过石城,慕名求访。那天,春雨霏霏,秀才冒雨上山,一路上观赏着雨中迷人的秋浦风光,情不自禁地叹道:"溟蒙小雨来无际,云与青山淡不分。"边走边吟诗,如醉如痴。走到芙蓉尖山下秋浦河的鸭子树渡口,遇见一位身穿蓑衣,头戴斗笠的渔翁,急忙上前施礼,询问上山拜见女道士田小姐的路径,渔翁没有理睬,只轻轻哼了两句诗:"开帘云头一朵花,仰天塘中可见她。"话音刚落,渔翁便长篙一点,飞舟而去,隐没在茫茫碧波之中……天色渐晚,茅庵前的放生池中,泛起一片霞光异彩。秀才忽悟真谛,拍案而起,展绢挥毫,疾书"仰天堂"三个苍劲有力的斗大楷书,快快下山而去。日后,田道姑四处化缘,造起了一座殿堂,把秀才的题字做成金匾,高悬山门楼上。古木森森,翠竹如云,暮鼓晨钟,俨然仙境。从此,人们便称这道观为"仰天堂"了。

20世纪80年代初,内弟从马鞍山市来到我这里,我便陪他去了仰天堂。那年正值中秋,我们是从高坦回来趟水过去登山的。庵不大,三间头,堂正中供奉着观音菩萨,宋道姑接待了我们。她身着道袍,脚穿布鞋,用一块粗白布绑着腿,从外表上看不出是男是女。她合掌施礼相迎,给我们每人倒了一杯茶,和我们聊天谈佛。她说自己十一岁(1937年)随前任住持徐道姑上山出家,是殷汇镇宋家村人。

聊了片刻,她便带我们看庵外的风景。虽是中秋,可山上还是绿色葱葱,庵前半月形的莲花池里荷花正艳。这真是"人间四月芬菲尽,山寺桃花始盛开"。庵堂四周修竹环抱,间有古松参天。林中百鸟和鸣,泉水叮咚。山顶的芙蓉尖,似刀劈斧削,直插云霄。其时正值秋季,天高气爽,登临其上,举目四望,沃野阡陌,纵横交错,蜿蜒的秋浦河犹如一条彩带,沿河的村落星罗棋布,古石城仿佛就在脚下。极目远眺,心旷神怡。下山来再回首玉屏山,那仰天堂宛如白云仙阁,真乃天上人间!

如今,秋浦河已经开发,成为著名旅游风景区。秋浦河景区的

作者在秋浦河畔

散
文

昭明太子钓台、南宋爱国名将岳飞"剑击"的金灯崖、李白命名的"玉镜潭"均为游客所向往。沿河的大王洞、蓬莱仙洞、万罗山、百丈岩等景点令游人乐而忘返。在"秋浦仙境"游人可乘坐竹筏漂流，观赏、吟诵诗仙李白的《秋浦歌》。游人可亲自挥起铁锤体会古人榨油的乐趣，在古树林推石磨，在河岸边踩水车、捡鹅卵石、砸水鳖……那真是人间天堂啊！

秋浦河，你是一条"流淌着诗的河"，你是一条"黄金之河"，你有着千年厚实的文化遗产，你是人们向往的旅游胜地。我虽然离开你二十六年了，但是你那清澈的河水无时不流在我的心田，我无论走到哪里，总要赞美你的美，说到你的情……

2014 年 5 月

巴马长寿乡之旅

甲午新春佳节,我和老伴随长子一家三口到南宁和巴马做了一次寿乡之旅,游览了邕城青秀山、南湖公园、植物园,泡了温泉,饱览了广西风光,感触颇多,但感受最深的还是巴马的神奇山水,还是长寿村的神秘。

来到巴马,首先映入眼帘的就是这里的奇山异水。眺望盘阳河,只见河岸两旁的青山一座挨着一座,那驼峰似的山各有特色,各有姿态。走近盘阳河,你会顿感眼前一亮:碧玉般的河水静静地流淌着,河水不深,清澈见底。水面犹如一面镜子,映照着蓝天白云、青山绿树、山庄行人,它像一幅流动的山水画,嵌在两山之间。水面上不时有小渔船荡过,渔夫们在撒网捕鱼。他们捕捞的是巴马的特产鱼——油鱼。巴马的油鱼个头小,一般只有 10～15 厘米,体型长而圆,重 50 克左右,青额绿头,黑背,白肚,两肋细鳞银亮,跃到水面似闪电流光。这种鱼肉厚味鲜,用锅煎炒会自动出油,口感特别好。农家的水鸭、白鹅在水中竞戏,吊桥载着行人在悠悠地晃动着,河畔上,柳树垂下它那细长的枝条,随风起舞,仿佛在欢迎南来北往的游客,令人产生无限的遐想……漫步在盘阳河畔,阵阵微风送来缕缕清香,令人神清气爽、心旷神怡!这样的美,如同在画中一般。看到这情景,你仿佛置身于陶渊明的桃花源。

散文

143

盘阳河的出名不光是因为它的风光旖旎，主要还因为它神奇的水质。传说牛魔王对玉帝不满，在人间撒下瘟疫，导致巴马男女老少全身奇痒难熬。王母娘娘美丽的女儿盘阳公主为解救老百姓的苦难，舍身化为甘霖，将巴马的泉水（民间称巴马的泉水为可滋泉）变为神仙水，并引导老百姓下河裸浴。人们沐浴后立即百病全消，男人变得更帅气，女人变得更靓丽。从此巴马就一直保持着裸浴的习俗，以治病辟邪。后人为纪念舍生取义的盘阳公主，就将巴马境内的河流取名为"盘阳河"。这美丽的传说更增添了盘阳河的神奇。1999～2006年国际自然医学会通过7年的研究表明：人的机体长期补充盘阳河可滋泉水对皮肤具有显著的水嫩、润白、抗衰老作用。国际自然医学会会长日本森下敬一博士称"巴马是遗落人间的一块净土"，并正式向全世界推荐巴马泉水为世界珍稀天然矿泉水，巴马泉水也因此享誉世界，成为世界十大美容泉之一。

神奇的盘阳河，它是巴马寿乡的母亲河、长寿河。盘阳河发源于广西凤山县境内，全长145公里，在巴马境内流程有82公里，在82公里的流程中就有四段是伏于地下的暗河。盘阳河水四进四出于地下溶洞，水清见底，色如绿玉，如布、如丝、如缕、如风轻漾，顺势而下，全流域无任何污染，当你走进盘阳河谷，便能切身体会到寿乡的神奇。导游说，夏天，你如有幸看到这一带村民自然天成的裸浴风情，你会更加深切地感受到寿乡盘阳河的神秘与妩媚。她说：盘阳河畔的裸浴，其实是返璞归真的一种古风，也是几千年来这里人们长寿的秘诀。盘阳河水清澈见底，因四进四出地下溶洞而被矿化,于是水中含有十分丰富的矿物质,河水一般是十七八度左右的恒温,不冷不热。长期裸浴,不仅可使肌肤滑嫩,而且可以驱疾健身。

秀丽的盘阳河,它是巴马的母亲河、长寿河。在这片充满传奇色彩的土地上,大自然的鬼斧神工为巴马造就了无数的神奇美景。神奇的盘阳河经过长期流水冲蚀,形成了深谷、溶洞、暗河、瀑布,构成了百魔洞、水晶宫、百鸟岩、赐福湖、弄友原始森林、江河地下漂流、天坑地下森林等奇观。如果说盘阳河像一条绮丽的玉带,那么百魔洞就是镶嵌在这玉带上最美丽的钻石。百魔一说源自壮语"泉水口"baimo 的音译。百魔洞,也叫百魔天坑,它位于巴马县城西北25 公里的坡月村,是最为雄伟壮观的石灰岩溶洞。1987 年,中英岩溶地质专家联合探险队经过 9 天时间的探险考察,英国地质专家一致认为该洞集天下岩洞之美于一身,可号称天下第一洞。该洞平均高约 70 米,宽 50 米,已探明的游程近万米。此洞共分上、中、下、地下四层,每层均有辉煌瑰丽的大殿堂,全洞多姿多彩的景点有 300 多个。洞前盘阳河源头绿水滢滢,洞中天坑百草园郁郁葱葱,底层有暗河涌动,进入者须乘船游览;顶层是玉帝寝宫,富丽堂皇,在已开放的醒狮扬威、万里长城、庐山飞瀑、龙宫银柱、烟霞圣地、凤凰拜观音等景点,那千姿百态的景观,简直令人目不暇接,堪称"大自然艺术之宫"。更为奇特的是百魔洞内有天坑,天坑上面是悬崖,崖上有人家,居住着勤劳善良的高山土瑶族;崖下百草园,各类植物郁郁葱葱、生机盎然,还有一棵珍贵的植物活化石——沙椤。当你亲临其

散文

境,你会疑是入了太虚的梦幻景象。这个硕大的桶形天坑内负氧离子浓度很高,被誉为巴马的天然大氧吧,许多候鸟人来此静坐"吸氧",享受洞里高浓度的负氧离子。

巴马的神奇不仅在于它的山水秀丽,不仅在于盘阳河的神秘,更在于巴马长寿人。据广西巴马长寿研究所所长陈进超说:被誉为"世界长寿圣殿"的巴马县甲篆乡平安村巴盘屯,全屯510多人,百岁老人多达7人,是国际标准的近200倍。

走进巴马,最让人难忘的,就是这里长寿的奥秘。常言道:"一方水土养一方人。"巴马这块孕育百岁寿星的土地,自然环境好,水和空气质量上乘,无污染,长寿老人大多长期食用无任何激素的天然生态食品,荤多荤少。

我们这次在巴盘屯有幸见到了年龄最大的长寿老人黄卜新。导游带我们到他家时,已经是上午十来点了,他正在吃早饭,我好奇地伸头看看老人在吃什么。只见他面前放着两碗素菜,一碗是木耳炒白菜,一碗是不知名的野菜,饭碗里是玉米粥。他孙媳妇告诉我们:老人一日两餐,从不挑食、偏食,平时家里有什么就吃什么。要说老人最喜欢吃的,那就是当地的野菜和玉米粥,还有巴马的油鱼和火麻汤。她说:老人生活有规律,早睡晚起;性格开朗,热情好客,高兴的时候还会亮一下歌喉,唱他喜欢的红歌。老人热爱劳动,八年前,他108岁了,还上山砍柴,健步如同青年。为了不影响老人吃饭,我们都没有大声喧哗,静静地等待着。在这其间,我看了一下墙上他的照片和简介:老人生于1898年3月12日,今年116岁。1927

年他参加了右江农民革命,1929 年参加了百色起义,是一位名副其实的老红军,至今还享受红军生活补贴。老人吃好饭,用毛巾擦擦嘴,便起身走到大门边的三人沙发上坐下,他竖起大拇指向我们示意,讲着我们听不懂的壮语,好在导游小覃是一位壮族姑娘,她给我们翻译。老人说,欢迎大家! 按照当地的风俗,我们把准备好的小红包用双手递给他,他接过红包,用手摸一摸客人的头顶,意在赐福于你。游人与他合影,他乐意配合。对他的拜访,我写了一首诗曰:

> 新春甲午到巴屯,目睹寿星黄卜新。
> 变法戊戌君子诞,揭竿百色小平跟。
> 一天两顿食粥菜,百岁上山伐木薪。
> 游客来时红曲唱,摸头握手赐福音。

　　这次来到长寿之乡——巴马,整天沉醉于它的山水风光、民俗风情以及当地人长寿的奥秘,依依不舍,流连忘返。巴马是个神奇的地方,以前不为人知,现在巴马享有世界五大长寿村之首的桂冠,游客蜂拥而至,给这块上帝遗留的净土带来了不堪忍受的负担,环境在破坏,我有感于此,写了几首诗来表达对巴马长寿村的热爱与忧虑:

散文

147

长寿村

盘阳河畔一奇屯,半是城来半是村。
背后驼峰山兀立,面前碧水玉鳞奔。
悠悠竹筏渔舟唱,晃晃吊桥身影跟。
北往南来客纷至,端详巴马寿星昆。

长寿村探秘

天赐瑶家一净土,奇山异水寿星村。
清新空气高负氧,微量活泉强补身。
磁地睡眠无梦幻,火麻卷柏有硒锌。
勤劳晚育多食素,花甲轮回巴马人。

长寿村之忧

天下闻名巴马屯,摩肩游客进山村。
百魔洞里接磁水,瑶寨河中沐浴身。
候鸟栖居祈寿祖,疗癌租住盼回春。
如今净土何存在?此地难留百岁人!

2014 年 2 月

长江的精神

今年春天,熙熙开着车子载着我们到崇明岛踏青。我站在崇明岛上,看到长江的出口,那浩瀚的江水滚滚奔向大海,不禁想到长江的精神——千回不改朝东志,万转无移入海心。

长江是我国的第一大河。它从世界屋脊青藏高原的沱沱河起步,自西向东,纳百川千流,横贯中国腹地,依次流经青海、四川、西藏、云南、重庆、湖北、湖南、安徽、江西、江苏、上海,经上海吴淞口入东海,全长 6300 公里。它满载四季浪歌,永不停息地直奔东海。

长江,它这一路走来,经历了多少急流险滩,历经了多少迂回曲折!最著名的该是三峡了。江水左一弯,右一转,东一曲,西一折,真是"惊涛裂岸,卷起千堆雪"啊!

可是,这迂回曲折并没有改变江水的走势,它汹涌奔腾,百折不回;它是一股不可抗拒的洪流。它冲过万千山峦,流过绵绵高原,淌过千里平川,最终汇入东海。

长江的这种"千回不改朝东志,万转无移入海心"的精神,正象征着质朴的中国人民,象征着我们民族的精神和意志。

中华民族始于黄帝时代,历经夏、商、周三代,春秋战国、秦汉时期逐渐形成,至今已有约 5000 年的文明史。她有过秦汉时期的统一,有过唐朝的鼎盛,有过元代庞大的疆土,有过清代的丧权辱

散

文

149

国……中华民族走过了艰难曲折的道路,经历了无数的急流险滩,终于迎来了天安门城楼上升起的鲜艳的五星红旗,中国人民从此站起来了!纵观一部中华民族五千年的文明史,不正是长江精神的写照吗?

现在,我们在习近平为总书记的党中央领导下,正在为实现中华民族的伟大复兴,实现中华民族的繁荣富强,实现祖国的统一,实现中国梦而奋斗!这正是中国人的"朝东志""入海心",这正是长江的精神。

我赞美长江!赞美长江的精神!

写到这里,我耳边好像响起了《长江之歌》的歌声:

> 你从雪山走来
> 春潮是你的丰采
> 你向东海奔去
> 惊涛是你的气概
> ……

2013 年 4 月

翠竹颂

今年秋天,我到绍兴旅游,不仅被此地的人文景观所陶醉,更为它的自然景观所震撼。你看,偌大的一座箬箦山,不知何年何人开始开辟,把一座千仞的高山劈去一半,使它成为湖泊,形成风光奇特的东湖。你看,那崇山峻岭的茂林修竹,节节向上,挺拔、伟岸,令人遐想,令人赞美!

我赞美翠竹,赞颂它朴实无华的品格。

竹没有牡丹的高贵,也没有芙蓉的艳丽,更没有桃花的引蝶浓香。竹朴实无华,它不靠这些来炫耀,来卖弄,它有的是朴实,这是它的独特品格。清代郑板桥曾在《竹》诗中写道:"一节复一节,千枝攒万叶;我自不开花,免撩蜂与蝶。"这正是竹的朴实无华品质的真实写照。

我赞美竹,赞美它的无畏精神,赞美它的坚韧,赞美它顽强的生命力。

在春天,竹不开花,不撩蜂与蝶;而在冬天,冰封大地的时候,她仍绿荫葱葱,笑迎风霜雪雨。唐代诗人白居易在《题李次云窗竹》中留下这样的佳句:"千花百草凋零后,留向纷纷雪里看。"这两句是说,冬日严寒,千花百草均已凋零,唯有窗前的竹子,仍然青翠碧绿;在大雪纷飞的时候去看,白中见绿,别具一番凌雪傲寒的情调。这

151

两句诗足见诗人对竹子的喜爱及对竹子品格的赞誉。这正是竹与千花百草的不同，正是竹的难能可贵之处。在严冬，只有松、梅与竹做伴，无畏严寒、顶风傲雪，无所畏惧，不改颜色，郁郁苍苍，展现它的无畏、坚韧、顽强的性格。郑板桥在《竹石》一诗中写道："咬定青山不放松，立根原在破岩中，千磨万击还坚劲，任尔东西南北风。"这千古流传的佳句，可说把竹的无畏、坚韧、顽强的精神品质写得淋漓尽致。这正是对竹本质的揭示。竹的这种不畏风霜严寒的无畏品德，正是人们所追求的，正是做人的根本所在，正是人们喜爱竹的原因。

我赞美竹，赞美它不求索取，只求奉献的精神。

竹的一生是奉献的一生。当你打开新华字典，翻到竹子头看看那些字，便知道它对人类的奉献了。竹笋做的佳肴，为人类所食用；竹制的生活用具数不尽数，竹制的工艺品应有尽有。苏东坡曾说"宁可食无肉，不可居无竹"，道出了人与竹密不可分的关系。在竹乡，人们住的是竹楼、坐的是竹椅、睡的是竹床、吃的是竹笋……竹为人类奉献了自己的全部。可是，它向人们索取了什么呢？什么也没有！

茂林修竹，情牵历代诗人，为历代仁人志士所喜爱，他们用一支彤管，写尽竹的高洁，画尽竹的傲骨！竹是一首无字的诗，竹是一曲奇妙的歌。翠竹精神在华夏文明史上有着光辉灿烂的一页。千百年来，竹的朴实、无畏、坚韧、奉献的高风亮节曾为无数人所赞美、崇拜。

我赞美翠竹，赞美翠竹的品格，更赞美具有翠竹品格的人！

2013 年 9 月

桥墩礼赞

朋友,当你坐着动车来往于祖国各地的时候,你是否会注意到那高架桥下面的桥墩呢? 当你坐着高铁穿过大江大河上的大桥的时候,你有没有想到那大桥下面的桥墩呢? 朋友,你也许没有注意,没有想过那长年累月支撑大桥的桥墩吧? 请你和我一起来注意那默默无闻的桥墩吧!

你看那江河中的桥墩,它面对着江河水流的冲击,任其风吹浪打,稳稳地站在江河中,毫不畏惧;它承受着桥梁本身和在桥上通过的车子以及货物和人的荷载(重量和运动力等),毫无怨言;它不惧惊涛骇浪,不惧重车的急驶,不惧狂风的侵袭,"我自岿然不动"。正是由于桥墩立得牢,桥面才能坐得稳。这是建桥专家茅以升在《没有不能造的桥》中告诉我们的。

想当年武汉长江大桥建成通车,举国欢腾,人民自豪,领袖赋诗,"一桥飞架南北,天堑变通途"。数十年后的今天,长江上不知架起了多少座大桥,我国还建起了世界最长的杭州湾跨海大桥。当这些大桥建成后,当人们在大桥上照相留影的时候,显示的总是桥面,风光的也是桥面,谁愿意和桥墩合影留念呢?

看到此情景,我有些为桥墩鸣不平:为什么桥面装饰得如此精美而受人青睐? 为什么桥面赖以生存的桥墩无人问津? 为什么长

散文

年累月立于水中负载桥面的桥墩得不到人们的重视呢？

然而桥墩却无怨言，它知道这只是工作的分工不同，其实目标是一致的。桥墩知道，它站在水中，负载着桥面，其目的就是为了来往车辆和人们的方便通行。它甚至觉得，桥面的风光，也是自己的荣耀；桥面的风光，正是它的价值体现。

我赞美桥墩，就是要赞美它这种无私奉献的精神；赞美它不计名利，不图风光，甘心做幕后英雄。在利欲熏心的时代，这种精神更显得难能可贵。

十年前的雅典奥运会男子 110 米栏决赛上，刘翔以 12 秒 91 的成绩平了世界纪录，夺得了金牌，成为中国田径项目上的第一个男子奥运冠军，创造了中国人在男子 110 米栏项目上的神话！那时人们把鲜花和掌声全送给了刘翔，但是有几个人把鲜花献给他的教练和团队的呢？然而，孙海平们没有怨言，他甘心做桥墩这个角色，为支撑刘翔这个"桥面"精心指导，由于桥墩团队的全力支持，使刘翔这个跨栏"天桥"至今仍活跃在体坛上。

体坛如此，其他行业又何尝不是如此呢？

在我们的生活和工作中，总要有主次之分，也总会有桥面和桥墩之分。一般来说，桥面比较显眼，比较风光，比较容易受到重视。这也是正常的。但是，无论做什么事情，光有桥面不行，还要有许多支撑的桥墩。换言之，桥面的风光，离不开桥墩的映衬。一座宏伟的跨江大桥，一定有多个默默奉献、不计名利的桥墩的支撑。甘当桥墩的精神之所以可贵，就是因为这种精神体现了一种顾全大局、服务大局的意识,体现了一种只讲付出、不求回报的品德。这种精神境界是那些"争名于朝、争利于市"的人做不到的。

涓涓汇成河,东流至大海。正因为无数具有桥墩意识的人们,我们的事业才发展得蓬勃兴盛,我们的工作才干得轰轰烈烈,我们的生活才过得红红火火。

今天,我赞美桥墩,意在倡导一种甘当桥墩的精神,呼唤一种甘当桥墩的意识,让越来越多的人不计名利,顾全大局,心甘情愿地做好桥墩。

2013 年 6 月

散
文

我爱黄山松

我这次上黄山,感触最深的是那长在悬崖,遍布峰壑,破石而生,盘根错结于危岩峭壁之上的黄山松。那千姿百态的黄山松,或耸立挺拔,似擎天巨人;或翠枝舒展,如流水行云;或虬根盘结,如苍龙凌波;或矫健威武,如猛虎归山……它们彰显着顽强的生命力,展示着无与伦比的自然美。我不禁大声呼喊:黄山松啊,我深深地爱你!

黄山松,我爱你的美。

黄山之美,美在黄山松。奇松是黄山"四绝"之首,黄山无峰不石,无石不松。进入黄山,首先映入眼帘的是一棵棵挺拔秀丽的青松。黄山松针叶粗短,苍翠浓密,干曲枝虬,千姿百态。它们忽悬、忽横、忽卧、忽起,或伟岸挺拔,或独立峰巅,或倒悬绝壁,或冠平如盖,或尖削似剑。它们神态各异,绝不雷同,让人目不暇接,心旷神怡。

黄山松,著名的有热情洋溢的迎客松,有苍穹遒劲的卧龙松,有矫健威武的黑虎松,有缠绵相依的连理松,有展翅欲飞的凤凰松,有玉麒腾跃的麒麟松,有轻歌低吟的竖琴松,有紧密团结的民族团结松……这些松美不可言,就像中国的山水画一样。

我爱黄山松,不仅爱这些知名的美妙如画的松,更爱那些生命力无比顽强的无名野松。正是这些无名的野松将黄山变美了，变活了，使高山有了灵气。黄山七十二峰，这些青松峰峰皆到。它们犹如一支支神奇的画笔，把五百里黄山抹上了生命的色彩。古人说："黄山之美始于松。"这话说得非常好，非常切合实际。试想一下，如果黄山上没有松，那将是怎样的景象呢？我想，绝没有现在这样美吧！

　　然而，这些黄山松不像一般的松树那样生长在泥土里，它们都扎根在岩石缝里，没有泥土，枝丫大都向一侧伸展。它们的根大半长在空中，像须蔓一般摇曳着，为的是能够更好地沐浴雨露，迎接阳光。黄山松的种子被风送到花岗岩的裂缝中去，以无坚不摧、有缝即入的钻劲，在那里发芽、生根、成长。黄山松树大都长在石头缝里，只要有一层尘土就能立脚，在断崖绝壁的地方伸展着它们的枝翼，塑造了坚强不屈的形象。在高山峭壁夹缝中，不怕严寒，四季常青，彰显着旺盛的生命力。它以顽强的毅力，以惊人的坚韧和刚强突破了生命的底线，创造了奇迹。一个强者应当有的品质——刚强、坚韧、适应、忍耐、奋进与自信，它全都具备。

　　黄山松以顽强、神奇、独特向人们展示着它的壮美，于是人们为它总结出了一种精神，那就是"顶风傲雪的自强精神，坚韧不拔的拼搏精神，众木成林的团结精神，百折不挠的进取精神，广迎四海的开放精神，全心全意的奉献精神"。在黄山逗留的两天中，我不仅感受到了黄山松的美丽与神奇，更从中感受到了黄山松精神，这种精神正是我们的民族精神。我们应该学习黄山松精神，颂扬黄山松精神，让黄山松精神代代相传。

正因为此，诗人张万舒大声地为你叫好："好！黄山松，我大声为你叫好，谁有你挺得硬，扎得稳，站得高；九万里雷霆，八千里风暴，劈不歪，砍不动，轰不倒！……"

我虽不是诗人，但我同样要为你大声地叫好。我要大声地呼喊：黄山松，我深深地爱着你，不仅爱你的神奇之美，更爱你那顽强不屈的精神。

2014 年 10 月

感受香港

己丑年大年初三我和老伴在儿子、儿媳的陪同下游览了香港。

到香港,第一印象就是它干净、清洁。青灰色的路面一尘不染,雪白的斑马线异常显眼,在来来往往的各式车辆上看不到泥点与尘土,湛蓝色的海面上看不到漂浮物。我们走在星光大道上,地面犹如被雨水冲洗过一般,无痰迹、杂物、纸屑,更没有牛皮癣小广告。星光大道游人如织,犹如黄浦江上的外滩,但这里比外滩干净、清洁。香港不仅是旅游景点干净、清洁,在铜锣湾的商业闹市区,我们也感受到了它的洁净。我这次到香港不巧腰痛病又犯了,老伴的脚底板上长了个鸡眼,我们俩行走都不大方便。孩子们怕我们难走,给我们安排在铜锣湾记利佐治街仙踪林休闲食肆休息。我们选择了临街的座位,花56块港币买了两杯茶,一边品茶,一边看街景,别有一番风味。在两个小时的时间内,我们特别留意街景,看看行人是否乱吐乱扔。我们看到行人都自觉地将手上的垃圾放到垃圾箱内。香港的垃圾箱容量大,相当于大陆的两个大。行人大都在垃圾

159

箱旁边抽烟,自觉地将烟灰弹在垃圾箱内。我们看到四个青年,两男两女,其中一个男的和两个女的各自点燃一支烟,围着垃圾箱抽。抽完了,他们将烟蒂放到垃圾箱内,然后再往商店里去。香港女人抽烟很大方,不躲闪,旁人也不把目光投向她们,只走自己的路。香港真是处处地净、店店窗明。正街背巷,台阶栏杆,都是干干净净。街上行驶的汽车,从车窗玻璃到车身,全是干干净净的。这些漂亮的汽车长阵,犹如一道靓丽的风景线,与幢幢摩天大楼交相辉映。我想,香港为什么这样干净、清洁? 除了香港临海的特殊地理环境外,更重要的原因是香港人的素质。你看看香港人吸烟就知道了。我又想,为什么大陆人到了香港坏习惯又改了呢? 这恐怕还是个管理问题,环境问题。试想面对整体素质好、文明程度高的港人和如此干净整洁的环境,人们怎么好意思乱吐乱扔呢?

香港给我的第二个美好感受是交通有序。

香港地域狭小,面积仅 1102 平方千米,且山多,水多,岛多,人口680 万,加上游客云集,每平方公里的平均人口密度和车辆承载量均居世界城市前列。但长居香港和到过香港的人,大多对香港的交通赞誉有加。香港的马路很窄,是单向车道,只见来的车,不见去的车。司机都是坐在驾驶室的右边开车,这点跟大陆正好相反。香港基本上没有自行车和摩托车,只有双层巴士。交通要道以及游人密集的车站、码头等地方,很少看到警察的身影。狭窄路面上密集的车流、摩肩接踵的行人,全靠红绿灯指挥。公路道口,红绿灯特别多,有的地方两处红绿灯之间的距离只有几米。在香港只要转弯的地方就有红绿灯和斑马线。红绿灯非常醒目，且安装的位置靠下，正好与行人视线平行。在香港，我确实没有看到行人或车辆闯红灯。我想，香港的交通有序，最主要的是它的管理有序，主要是制度的约束和市民的自觉行为。

香港给我的第三个感受是"中国人站起来了"！

香港是全球的大都会，素有"东方之珠"的美誉。如今它既是与纽约、伦敦、东京齐名的国际著名的金融中心，也是世界闻名的旅游胜地。香港的旅游业发达，酒店功能、设备、服务均为世界一流。游人在这里可以尽情地购物，尽情地品尝世界美食，欣赏中西合璧的

作者夫妇在香港

161

文化与艺术。但是,这颗璀璨的明珠在第一次中英鸦片战争中落到了英国人手里。丧权辱国的"南京条约",腐败无能的清朝政府把它割让给了英国。一百多年来,这里是英国人的天下。新中国成立后,直到1984年9月邓小平先生与撒切尔夫人签署了中国政府与英国政府《关于香港问题的联合声明》,香港这块热土才在1997年7月1日回到祖国,中国政府才开始对香港恢复行使主权。我站在金紫荆广场上,看到鲜艳的五星红旗迎风飘扬的雄姿,面对香港回归祖国纪念碑,真是热血沸腾、心潮澎湃……我不禁想起毛泽东主席1949年10月1日在天安门城楼上那气壮山河的话语:"中国人民站起来了!"想到邓小平先生那发自肺腑的心声:"到自己的土地上走一走,看一看!"如今我走在这块饱经沧桑的热土上,感到无比自豪、无比幸福!

2009年2月

"8 分钟"庆典好

据新华社三峡工地 5 月 20 日电,举世瞩目的三峡大坝,20 日下午 2 时全线建成,整个封顶庆祝会只用了 8 分钟!

这"8 分钟"的庆典太好了! 它体现了中央的"简朴、简短"的要求,体现了中央为民办实事的理念。这种简朴的庆典,仪式现场没有主席台,没有一张桌椅,也没有纪念品。参加庆典的代表每人只领到了一瓶矿泉水! 须知,烈日下的三峡大坝当日气温高达 34 摄氏度。

试想一下,我们有些单位的工程建设开工、竣工典礼,又是剪彩,又是设宴,还发纪念品,一个活动下来,要花老百姓多少血汗钱! 这些单位难道不应该学学三峡大坝封顶的节俭庆典吗?

这"8 分钟"的庆典好,好就好在它简短、实效。中国三峡总公司总经理李永安满怀激情的讲话只用了 1 分 50 秒,只有 466 个字!

试想一下,一个举世无双的三峡大坝,建设者们奋战了 3080 个昼夜,有多少话要说,但李总仅讲了 1 分 50 秒。正因为李总们的争分夺秒,整个三峡大坝封顶提前了十个月。这个建设速度是举世罕见的。

当今,我们有些领导干部讲起话来,滔滔不绝,口若悬河,既浪费时间,又无实效。难道我们的领导同志不应该学学李永安的讲话

散文

163

作风,不应该想想这 8 分钟的庆典吗?

试想一下,如果我们各行各业都有这 8 分钟的庆典作风,一年下来,该节约多少资金,用节约的资金可以为老百姓办多少实事、好事。如果我们的各级领导都有李永安的 1 分 50 秒的作风,可以节省多少时间,可以用开会、庆典的时间替老百姓办多少件好事、实事。

所以,我觉得这"8 分钟"庆典应当大力倡导、大力推广!

2006 年 5 月

学问改变气质

学问改变气质,知识能塑造人的性格。正如苏轼所言:"腹有诗书气自华。"有了这般旷日持久的"诗书"熏陶,自然会使人的气质不凡,言行举止也不一般。

这里,我想说一个关于曹操的故事。《魏氏春秋》说他"姿貌短小,而神明英发"。《世说新语》还记录了一个传说:有一次匈奴使者来见,曹操怕自己的仪容不足以示威远国,就让崔季珪伪装起来代表他,他自己执刀站在一旁。会见结束后,又差人去打听匈奴使者的印象,使者说:魏王高大魁梧,雅望非常,不过真正气质不凡的还是他身旁的执刀者。曹操听后大喜,从此以后再也不让别人扮演自己了。曹操知识渊博,学问非凡,气势能吞吐大海。你看他的《观沧海》:"日月之行,若出其中;星汉灿烂,若出其里",多有气势!这个故事正验证了苏轼的话:"腹有诗书气自华。"

因此,要想"气自华"就必须"腹有诗书";要"腹有诗书"就必须读书。我们可以看到,不管是西方的大师还是东方的智者,大家在谈到人性和学识的问题上时,都不约而同地承认了学习知识对于塑造人的气质性格的决定作用。培根在《论学问》中谈到读书的三大作用,他把增长才干作为最主要的。而当一个人把简单读书的过程自觉地转换成学习研究的过程时,那么知识对于个人已经从"消遣"

散文

165

"装饰"转变成了"才干"。当然,在谈到人性与学问、实践三者之间的关系时,培根也提出,"求知可以改进人性,而经验又可以改进知识本身"。换句话说,只实践不求学问,或者一味求学问而不实践,同样对人性无益。有丰富经验的人,如果缺乏科学理论的指导,往往会犯经验主义的错误;而盲目信从书本,忽视客观实际和实践的作用,也同样会使人陷入教条主义的困境。这就要求我们要把书读活,"不唯上、不唯书、只唯实"。只有把知识转变成才干,学问才能改变人的气质。

在日常生活中,我们很多人都是有读书愿望的,但对读书的目的与方法却没有比较理性的认识。培根说:"狡诈者轻鄙学问,愚鲁者羡慕学问,聪明者则运用学问。知识本身并没有告诉人怎样运用它,运用的智慧在于书本之外。"轻鄙学问,因为太看重自己,自以为是;羡慕学问,因为太看轻自己,以为自己无用;运用学问则是把自己摆在一个适当的位置上。的确,有学问和用学问并不完全是一回事。有学问不过是一种积累,一种传承;用学问更多的是一种创新,一种创造。在知识积累到一定程度的基础上,对事物的本身,包括观念、思想等,他才有自己的见识。举一个例子来说吧,毛主席在读了陆游的咏梅词后,结合当时的国际形势,他反其意写了一首《咏梅》,赞梅道:"俏也不争春,只把春来报。待到山花烂漫时,她在丛中笑。"

苏辙在《上枢密韩太尉书》中说,"文者气之所形",他认为文章是人的气质的表现,这乃是至理之言。你看毛主席"指点江山,激扬文字","问苍茫大地,谁主沉浮"的气势,谁人能比? 他的《沁园春·雪》"数风流人物,还看今朝"的气魄有多大! 毛主席的气魄是由他的气质决定的! 毛主席的气质与他腹中的学问有关。1939 年 2 月 28 日毛主席在延安第三十八集团军总兵站检查工作会议上说:"有了学问,好比站在山上,可以看到很远很多东西;没有学问,如在暗沟里走路,摸索不着,那会苦煞人。"据毛主席的"书童"王文祥回忆说,主席读的书囊括古今中外,不工作的时候就在看书。一出差,第一件事就是带上书。可见毛主席的气质来源于他的读书,来源于他的学问。

因此,一个人的气质培养很重要。气质要靠学问来转化,学问要靠读书、实践来获得。在获得学问的过程中,人的素质也在变化着。学问对于人的素质培养在潜移默化中,就好比春雨润物一样——"润物细无声"!

2012 年 5 月

散
文

167

也谈土地

作家秦牧曾写过一篇优秀散文——《土地》。这篇散文,曾选入中学语文课本、大学语文课本,我讲授这篇课文时总是热血沸腾,激动不已。如今我写土地,有点班门弄斧。我写土地,是缘于对土地的珍爱与忧郁。

土地是生命之源,万物之母。广袤的大地是人类的母亲,她用乳汁哺育生命,繁衍人类。土地是我们赖以生存的基础,我们没有理由不热爱我们脚下这块热土,没有理由不珍惜她。七十五年前,诗人艾青写的一首《我爱这土地》特别感人:"为什么我的眼里常含泪水?因为我对这土地爱得深沉……"

谁能离得开土地?谁都想拥有小小一块属于自己的土地。开发商想拥有大量土地,他们要在土地上盖起一栋栋高楼;企业家想拥有土地,他们要在土地上建起一道道流水线;农业家想拥有土地,他们要在土地上种上庄稼,让土地变成一座座粮仓;平民百姓想拥有一点土地,建起自己温馨的家……

如今土地所承受的压力是越来越沉重了。楼房越建越庞大,道路越修越宽,污染物也越来越多,而这些污染物全都转嫁给了土地。众所周知,在地球上,只有我们脚下这块土地才适合植物生长和人类生存,它的价值和我们的生命等同!今天,我们每一个人应该怎样来呵护养育我们的这块土地呢？

前年,原殷汇中学(现为池州市第八中学)85 届学生在池州聚会,我受邀出席,顺道去了石台县仙寓山。这里的人们对自己脚下的这块土地呵护得很好,山清水秀,桃红柳绿。一进大山村就见那古朴的皖南民居错落有致,还保留着原始的风貌。大山村的自然风光十分的优美,抬头望去,四面环山,峰岭连绵,完全是大山拥抱着的村庄。行走在峡谷栈道、漫步在群山小道之间,那飞瀑流泉、碧潭花谷、苍翠古树,风光秀丽迷人。夜晚,繁星点点,更是令人陶醉。同去的 38 所小张更是舍不得这满天的星斗,不肯回旅社。她说在城里根本就没看到过这样的景致。大山村土壤中含有丰富的硒,这种硒元素对人的抗衰老有很大的好处。村中有许多的长寿老人,所以大山村被称为“长寿村”。大山村的原生态环境,为城里人所羡慕。现在不少的城里人来大山村度假。我在想,如果我们能像大山村的人保护好自己的土地,能生活在大山村这样的环境中该多好!

每当我看到乡下的土地,就涌起一种揪心的感觉。这大概是我出身于世代种田的农民家庭的缘故吧,我对土地有着一种特殊的感情。我在讲授秦牧的散文《土地》时,也曾激动得热泪盈眶,对“土地是农民的命根子”有了更深刻地理解。虽然我这一辈子不种田,一直待在城里,可老来还在做田园梦,想到仙寓山这样的土地上去生活,去养老。可是,仙寓山这地方太小,哪能容得下我们呢?

随着改革开放,我国得到了快速发展,城市扩容,楼盘林立,高速公路纵横交错,占用了大量农田,土地在减少,这是不争的事实。

散
文

另外,地方为了自身的发展,辟出经济开发区,也侵占了大量的土地。还有环境污染,大量土地被破坏,无法种植。根据全国土地详查汇总的数据,我国耕地面积18.27亿亩,人均耕地只有1.4亩,不及世界平均水平的一半。随着经济的发展和工业化、城镇化的推进,我国耕地总量每年还在以近4.67105hm²的速度锐减,据预测到2030年我国耕地总量要减少六分之一,人口要达到16亿。人口与土地的矛盾将更加突出。根据全国沙漠、戈壁和沙化土地普查及荒漠化调研结果表明,目前我国约有267.4万平方千米的土地荒漠化,占国土面积的27.9%,近4亿人口受到荒漠化的影响。

这是我对土地的忧虑啊!

面对土地的减少,很多有识之士发出了震撼的呼吁。中国杂交水稻之父袁隆平早年就呼吁要保持18亿亩耕地底线。须知,我国只有保持18亿亩耕地,才能保证中国人的粮食供应。最近召开的十八届三中全会,通过了《中共中央关于全面深化改革若干重大问题的决定》,决定明确指出:"坚持农村土地集体所有制,依法维护农民土地承包经营权。""稳定农村土地承包关系并保持长期不变。""划定生态保护红线。对水土资源、环境容量和海洋资源超载区域实施限制性措施。"决定为我们保护土地提供了政策保障。我们相信,在中央的坚强领导下,我们一定能守住生我养我的土地红线,"留得方寸土,让予子孙耕",为子孙后代造福。

面对日益减少的土地,我想改写诗人艾青的诗句来表述:"为什么我的眼里常含泪水?因为我对这片土地的日削月割而哀怜!"有人说:"不要等到地球上剩下的最后一滴水是人们的眼泪时才开始后悔。"我说:"不要等到没有土地种庄稼、土地上长不出庄稼,人们断粮的时候才开始知道土地的珍贵!"

珍爱我们的土地吧,人们!

2013 年 11 月

散文

反刍现象的启示

牛在休息时,嘴巴总是不停地咀嚼,好像在吃一种不容易嚼碎的食物,这是怎么回事呢? 上述现象正是牛的反刍现象。

牛吃草的时候,没嚼碎就吞下去,经过一段时间以后,储存在胃中的草,不停地返回口中咀嚼,把它磨碎,再送到胃中去,这种现象叫反刍。这种反刍过程可反复进行,直到食物被充分分解为止。

牛的反刍现象使我联想到读书。培根说:"有些书只需浅尝,有些书可以狼吞,有些书要细嚼慢咽,慢慢消化。"对那些适合浅尝的书,可以像牛吃草一样先吞下去;对于经典名著要反刍细嚼慢咽,慢慢消化。

一本好书或者一篇好文章我主张采用反刍读法,至少要读三遍,第一遍可以粗读,可以囫囵吞枣,了解大意即可,这叫享受;但第二遍就要静心坐下来细读了,带着问题去读,这叫吟味;第三遍是精读,要一字一句想着读,是解答自己的疑问,这叫深究。我想如果按照这三个步骤去读书,那么不管是一篇文章还是一本书,三遍读下来,肯定印象非常之深刻,即使是多年以后也不会忘却。

精读,要求一字一句的读下来,对于一些重要问题做一下笔记,把好的段落勾画出来,必要时写一下批语和点评,还可以写读后感。这时读的不是字面上的东西,而是字里行间所表达的一种情愫。精读是读体会,体会作者的心态,体会作者对人对事的看法,体会作者的用意,体会作者的匠心,体会作者描绘的整个特定的事件。这种精读,像《刘心武揭秘红楼梦》《于丹论语心得》《易中天品读中国系列》,这可以说是研究型的精读了。

有些书只要粗读就可以了,但有些在粗读之后,还必须进行精读。从这种意义上说,粗读法和精读法又是相互联系的。德国工人哲学家狄慈根在介绍自己的读书方法时说:"我阅读关于我所不懂的题目之书籍时,所用的方法,就是先求得该题目的肤浅的见解,先浏览许多页和好多章,然后才从头重新读起,以求获得精密的知识。"

当然,在精读的基础上也可以再进行粗读,这时的粗读已不再是了解书的轮廓,而是为了总体上把握全书的结构、情节、系统以及作者所使用的方法。马克思在1858年1月14日给恩格斯的一封信中曾谈到浏览法的好处,他说:"我又把黑格尔的《逻辑学》浏览了一遍,这在材料加工的方法上帮了我很大的忙。"

粗读法亦称浏览法,泛读法,是指以极快的阅读速度把书通读一遍,以求对全书内容有个概括了解,知道大概轮廓,把握每一章节究竟讲了一些什么问题。这就如同看展览一样,先是对展览品泛泛看一遍,知道个大概,而对每一部分展品并不仔细去看。这也如同牛吃草,先把草吃下去,不求消化吸收。

精读法亦称细读法、研读法,是指以正常的或极慢的阅读速度深入钻研全书的内容,以求对全书内容有全面透彻的理解,详细掌

散
文

握书中的每一个论点、论据和论证方式，清晰地勾画出全书的结构或情节。这也如同看展览一样，对每一部分的展品都要仔细观看，了解展品的性质、结构和用途。这也如同牛的反刍，将胃中的草返回到嘴里反复咀嚼，再送到胃里，让其分解消化吸收。

读书的粗读与细读，正像牛的吃草与反刍。粗读是吃草，细读是反刍，二者要结合好，这样书籍的内容才能嚼细，才能慢慢分解，才能变成我们所需要的养分，被吸收，才会增长才干。

2013 年 12 月

盲人点灯的启示

有一个故事说,禅师见盲人打着灯笼,不解,询问缘由。盲人说:"我听说天黑以后,世人都和我一样什么都看不见,所以我才点上灯为他们照亮道路。"禅师说:"原来你是为众人才点灯,很有善心。"盲人说:"其实我也是为自己点的灯,因为点了灯,在黑夜里别人才看见我,不会撞到我。"禅师大悟:为别人就是为自己。

这个故事给我们的启示是:为别人就是为自己,其实生活中有许多这样的事。去年国庆节后,我们从上海回到合肥家中。我们那栋老房子的楼道很脏,我们把家里打扫干净了,就顺便把楼道扫了扫。这时,楼上的住户下来了,见到我们夸奖说:"你们在给我们扫楼梯呀!"在我们看来,我们是在为自己打扫,因为我们住在三楼,天天要上下楼梯;在别人看来,我们是在为他们打扫。这件小事同样说明:为别人就是为自己。

为别人就是为自己,从思维方式上讲,是一种换位思考。

换位思考,就是把自己放到对方的位置,站在对方的角度来考虑问题。换一个角度看问题,往往能够带来新鲜的感觉,带来另一种分析结果,甚至改变自己的思维和判断。例如,今年春节,孩子们原计划回合肥来团聚。我听说孩子们回来过年,心里很高兴。心想:上海和广州的孙儿孙女还没有回来过,今年他们自己提出回来,

散
文

175

那不是很好嘛。然而我老伴却不乐意,她说,天这么冷,孙儿们那么小,回来他们受得了吗?再说你的腰又不好,他们三家回来,我们两个人能吃得消吗?我想,老伴说的不无道理。她是在为孩子们着想,其实也是在为我们自己着想。我把这个意见告诉了孩子们,他们也认为他妈讲的有道理,决定春节大家一道出去玩玩。这个决定很好,既符合现代人的生活,又兼顾了传统团聚,我亦赞成。这就是换位思考给我带来的新思维,新判断,使原本难以解决的问题迎刃而解了。这真是"山重水复疑无路,柳暗花明又一村"。

因此,换位思考是人对人的一种心理体验过程。我们要将心比心,设身处地为对方着想。换位思考客观上要求我们将自己的内心世界,如情感体验、思维方式等与对方联系起来,站在对方的立场上体验和思考问题,从而与对方在情感上得到沟通,为增进理解奠定基础。它既是一种理解,也是一种关爱!

换位思考的实质就是设身处地为他人着想,即想人所想,理解至上。人与人之间要互相理解,相互信任,因此,我们要学会换位思考,这是人与人之间交往的基础——互相宽容、理解,多站在别人的角度上去思考。

换位思考是基本的道德教谕。古往今来,从孔子的"己所不欲,勿施于人"到圣经《马太福音》的"你们愿意别人怎样待你,你们也要怎样待人",不同地域、不同种族、不同宗教、不同文化的人们,说的话意思是相同的。可见,无论是东方人还是西方人,人们对换位思考的看法是一致的。

孔子的"己所不欲,勿施于人",这句话被译成英文悬挂在联合国总部大楼里,并被写进了联合国《人权宣言》和 1993 年世界宗教领袖的《世界伦理宣言》中,作为处理国家间往来的至高准则,作为各国共同遵守的行为法则。这是西方世界公认的出自东方国家的经典语录,他们认为这是国与国、人与人之间相处的黄金法则。这是人类经过长期博弈,付出惨重代价后总结出的黄金法则,但愿各国都能遵守这个法则;但愿我们每个人都能从盲人点灯的故事中得到启示。

2014 年 1 月

散
文

关于医生的话

医生的话,该听还是不该听,该听多少? 对于这个问题,我想发表点看法。

医生的话,不能不听,但也不能只听一家医院的,最好多听几家医院的,自己结合自身的情况,再选择一家医院就诊,这样比较稳妥。我本人就有这方面的体会。

我退休前就患有腰椎间盘突出病,发病时痛得无可奈何,腰不能直,腿不能迈,睡在床上不能翻身,苦不堪言。我先后在安徽中医附院、省立医院就诊,进行推拿、牵引、拔火罐、针灸等,当时有所好转,回到家里又不行,真是痛苦万分。在病情不得好转的时候,我甚至到过私人诊所接受"祖传秘方"治疗。后来,儿子要我带着片子到广州、上海去看看。我先后到广州军区总医院、中山大学第一附属医院、上海瑞金医院就诊。有的医生建议手术;有的医生提倡运动康复,建议我每天睡觉前或起床时做做垫腰运动。我担心手术的风险,怕万一手术效果不好,难以过正常人的生活,便采取了保守治疗,坚持运动疗法。最近几年,虽然也发病,但总的来说比较轻微,一年也就只有次把而已,一般不去医院,自己躺在床上休息几天,用热水袋热敷,也就好了。试想一下,如果我当初只在一家医院看,只听一位医生的话,可能就做了手术,不仅要花高额的费用,人还要吃苦,效果怎样还不一定。

医生的话,不能不听,但也不能只听一家医院的。这个道理很简单,我们的医生,尤其是主任医生或主治医生,他们的临床经验都非常丰富,是值得信赖的,所以他们的话我们不能不听。但是病者的个体是千差万别的,一位医生只能凭借自己的经验和理论来判断,他考虑的只是病者的一个方面,一个角度。用普遍性的原理来对待特殊性的个体,往往会出现意外。这就是医疗风险。

苏轼的《题庐山西林壁》诗曰:"横看成岭侧成峰,远近高低各不同。不识庐山真面目,只缘身在此山中。"他说:从正面看庐山的山岭连绵起伏,从侧面看庐山山峰耸立,从远处、近处、高处、低处看庐山,庐山呈现各种不同的样子。人们之所以认不清庐山本来的面目,是因为自己身在庐山之中啊!

为什么不能辨认庐山的真实面目呢?因为身在庐山之中,视野为庐山的峰峦所局限,看到的只是庐山的一峰一岭、一丘一壑,局部而已,这必然带有片面性。游山所见如此,观察世上事物也是如此。这两句诗有着丰富的内涵,它启迪人们认识为人处世的一个哲理——由于人们所处的地位不同,看问题的出发点不同,对客观事物的认识难免有一定的片面性;要认识事物的真相与全貌,必须超越狭小的范围,摆脱主观成见。这就是为什么医生的话不能只听一家的道理所在。

散文

2014 年 2 月

179

沈培平的博士学历及其他

今年三月十二日中央组织部证实，云南省副省长沈培平涉嫌严重违纪，中央已免去其领导职务，他的案子正在按照程序办理。普洱市市民在主干道振兴大道的金孔雀交通运输集团有限公司门前燃放鞭炮，公司门前挂着"贪腐分子沈培平被查处，罪有应得，大快人心"的条幅。本文撇开这些问题，就他的学历问题说说。

据查，沈培平原毕业于保山师范专科学校中文系，当过中学教师。他在担任云南省思茅市委副书记、代市长期间曾是北京师范大学资源学院自然地理学专业的在职研究生，2007 年 7 月获理学博士学位，同年 12 月他被聘为"北京师范大学资源学科建设与发展指导委员会"委员、资源学院兼职教授。他从博士毕业到成为教授只用了五个月的时间，而一般人则需要十年乃至数十年。为什么沈培平能有如此之神通呢？难道他在某个领域真的有杰出贡献吗？答案是耐人寻味的。

他能如此神通，并非是他有突出贡献，而是他头顶着书记、市长的官帽，所以学运亨通，拿个博士、教授头衔毫不费力气。日前，全国政协委员孟学农在接受媒体采访时的一番话引起人们关注：梳理公开资料发现，十八大以来，副厅（局）级以上落马官员超过 60 人。其中，博士学历官员至少 12 人，约占落马官员的五分之一。

为什么这么多的高学历的人成了贪官？为什么这么多的贪官拥有高学历？这个问题出在哪里呢？笔者认为出在体制上，是我们的高校教育行政化管理体制使然。现在的资源配置，以行政为主导，给了官员调配资源的空间，学校和教授为了获得资源，要"跑部钱进"，现在有些官员有读博的需求，由此可建立起和官员的沟通管道，学校、教授当然乐意为之。接纳官员速成学位的高校看中的就是官员手中的权力，他们认为高级干部在自己学校学习，一是为学校增添了光彩，二是与官员搞好关系可以借助他们手中的权力提升影响力，为学校谋取更多的利益。这是一个双向受益的利益交换，所以两者当然一拍即合了。

当下，官员读研、读博蔚然成风，学历年年看涨，文凭越拿越高，已成了趋势。大批官员利用手中的公权与公款，与高校"合谋"，在短期内"跨越式"式地实现了"知识化"。中组部一项抽样调查显示，九成以上的各级官员参加过各类研究生班等"学位速取"培训班。

调查发现官员利用权力与高校相勾结进行学历造假，使文凭含金量被稀释，教育公平与尊严被腐蚀，从而败坏了高校学术之风，助长了官员造假之气，动摇了社会的公平与信用基础。这是不折不扣的"学历腐败"。

学历腐败，"现象在高校，根子在干部"。我国目前位居厅部级高位的博士官员，有不少人获得博士学位，凭的不是什么真本事，而是通过权学交易：从招生到培养到学位授予，整个过程，几乎都是权力与学位的交易——在招生时，有的官员被录取为博士生，根本没有任何门槛,就连参加入学考试的考题也是事先知道的;在学习过程中,有的官员根本不去上课,而是委托自己的秘书代上,这是司空见惯的事;在论文答辩时,有的是秘书操刀,有的是导师亲自上阵,目的就是让领导圆满地获得学位。对于这种官员读博现象,社会形象地称之为"假的真文凭"——文凭真的是学校授予的,但整个过程是弄虚作假的。官员混文凭,显然不是为了提高专业水平,提升文化修养,而是为寻找升官垫脚石,铺就升迁路。

笔者认为,要杜绝这种权力腐败的存在,要双管齐下。首先要对干部学历晋升之路进行制度上的规范,要与同学位的人要求一致。干部上什么学校,学习多长时间,达到什么要求,相关部门都要有明文规定。相关部门还要对官员的学习情况进行定期考核,这种考核既包括理论上的笔试,也包括口头上的面试,以防官员和所读学校联合作弊,让官员蒙混过关。只有这样才能彻底杜绝官员学历速成。其次,在干部任命上要唯才是举,要重能力,不要唯学历。这样也可以减少官员去速成学历。

2008年3月17日在十一届全国人大一次会议上,张平成为新一任国家发展和改革委员会主任。在中外记者会上他坦陈自己的中专学历。张平的这种唯实态度,人大的唯贤是举,赢得了世人的尊敬和赞许。我们各级干部要向张平主任学习,实事求是,凭借自己的才干,一步一步地脚踏实地升迁,不要利用手中的权力去搞学历腐败,这样终究逃脱不了沈培平的下场。

2014年3月

驱散拜金主义的精神雾霾

今年两会期间，全国政协委员、作家冯骥才在接受凤凰记者独家访谈时说："现在大家光注重空气里的雾霾，却不注重精神上的雾霾，实际上精神雾霾更严重。我们社会当下一个很严重的问题就是拜金主义，拜金主义就是这个社会的 PM2.5，因为它把一切事物都扭曲了，人和人之间的关系也扭曲了。"

笔者认为冯骥才的这番话说得切中肯綮，击中了当今社会的要害。但是却遭到不少人的反对，"愤青"作家廖先生在《作家冯骥才批判拜金主义的知识偏见》一文中指责说："文人不懂古典经济学，不能理解市场经济运行规律，只会站在道德高地放空炮，背离经济规律而行，最后变成了一个'道德流氓'，还不自知，乃至出丑了还扬扬得意。"

我认为廖先生探讨问题没有必要这么愤怒，动不动给冯先生扣上"道德流氓"的帽子，而自己却"扬扬得意"。我觉得冯先生指出的拜金主义的 PM2.5，当今社会确实存在。我不想高谈阔论地去谈论"古典经济学"，也不想用过多的笔墨去讨论"市场经济运行规律"，单就拜金主义的精神雾霾"有木有"来说几句。

当今社会文化产业的市场化，带来了文化的繁荣，同时也出现了不少吸引眼球、格调低下的作品。这些作品有市场，但缺少正能量,缺少正确的价值观。写这些作品的人,他们拜倒在金钱面前,为了追求经济价值,不顾社会影响,大写色情。他们为了赚取更多的钱,又把这些作品搬上银幕,加以宣传,使色情泛滥。君不见那些夜总会、美发院、美容院、桑拿馆、按摩室、酒吧、宾馆等,在金钱诱惑和腐朽生活方式的冲击下,卖淫嫖娼等色情现象严重地存在吗? 君不见越来越多的青少年过早涉入性行为、同居、早孕,直接或间接导致青少年性犯罪率不断升高吗? 君不见一些贪腐官员和社会"精英"们"养情人""包二奶""玩小蜜""泡妞"吗? 这些难道不是当前社会的精神雾霾吗? 这些难道就是"市场经济运行规律"?

现在社会上出现的价值观迷失,崇尚拜金主义,其根源在某种程度上是具有不良导向的文化产品造成的。对此,很多有识之士都提出了与冯先生相同的见解。台湾著名导演李安说:"其实大陆有大概三十年基本没有电影文化这个东西……目前只看到钱,在文化提升方面有待加强。"著名作曲家徐沛东对此也很担忧,他说:"我们现在很多艺术一切向钱看。现在电视台要看收视率,而收视率也可以拿钱买到。""以收视率来衡量文化发展,这是什么样的导向,又会对孩子产生什么影响? 我不知道今后用什么样的文化来哺育我们的下一代。"

在经济社会发展中,我们不应简单地以 GDP 论英雄;在文化发展的过程中,我们不能简单地以收视率、点击率等为奋斗目标甚至是终极目标,这会付出比经济发展的代价更大的代价,造成比雾霾更严重的后果,那就是人们的精神雾霾、心灵雾霾。

拜金主义造成的精神雾霾严重背离了社会主义道德体系,社会应该共同关注驱散精神雾霾,营造积极、健康向上的社会风貌。空气污染,影响人们的健康;精神雾霾,丑化的是人们的心灵。由于拜金主义的影响,当前社会上出现了一股低俗文化的逆流,他们把人们的趣味引向丑,引向恶,这必然导致价值观混乱,这种精神雾霾污染了人们的精神世界,若不正视,将呈愈演愈烈之势。

　　我们说一个健康的社会应当具有健康的精神状态,只有精神欣悦,人才能刚健奋发,才能积极创造。如何调适心情,驱散精神雾霾? 一剂良方就是借助文艺的力量,以文"明"志、以文"养"心、以文"怡"情、以文"化"人。

　　我们说,艺术的使命是传递文明,传播真善美,使人变得更为真实和完美,让世界变得更加光明和美好;艺术除了要抚慰心灵,还应该担负起培养理想的重担。习近平主席最近指出:"弘扬社会主义制度核心价值观,这不是口号,也不仅仅是理念,而应是实实在在的行动,使核心价值观的影响像空气一样无所不在、无时不有。"

　　文艺是精神的灯火,是思想的引擎,是发展的动力。正是在这个意义上,文艺历来就被视作精神的提升器、思想的净化剂、心灵和意志的磨砺石。历史上,无论是欧洲"文艺复兴",还是中国的"五四"新文化运动,在重大的历史关头,文艺总是最嘹亮的"先声",它擎举着引领人们前进的火炬。像《铁流》《钢铁是怎样炼成的》《白毛女》《黄河大合唱》《义勇军进行曲》等优秀文艺作品,在特定历史时期都曾经起到过掀天揭地的巨大作用。

散文

文艺的力量就是如此之大，一旦发生作用必定是巨大的、持久的，能够历久弥新地鼓舞一代又一代人。但这种力量又是无声无息的，它以春风化雨、潜移默化的方式激励着人们，正如鲁迅所说，是"于无声处听惊雷"。这是文艺创作的一个定律。正因为这样，我们的文艺创作者和传播者，都应该时刻怀有一颗敬畏之心，不浮躁、不张望，拿出"十年磨一剑"的创作态度，精益求精，切实用文艺的劲风赶走"精神雾霾"。

我们的文艺工作者应当在社会主义核心价值观的指导下，创造更多彰善惩恶、激浊扬清的作品，扶起"跌倒"的道德，驱散拜金主义的雾霾，驱散迷惑人心的雾霾，凝聚社会正能量，让阳光普照人的心灵。

2014 年 3 月

中国这头狮子醒了

今年3月27日,在巴黎举行的中法建交50周年纪念大会上,中国国家主席习近平说:"拿破仑说中国是一头沉睡的狮子,当这头睡狮醒来时,世界都会为之发抖。中国这头狮子已经醒了,但这是一只和平的、可亲的、文明的狮子。"

习近平主席的这震惊世界的声音令国人振奋,这声音与1949年10月1日毛泽东主席在天安门城楼上发出的"中国人民站起来了!"的声音相呼应,让世界为之震惊!习近平做出的这一表态承载了一个东方大国从失落到再度崛起的宏大史诗,是中国雄狮从沉睡到醒立的最好诠释。

第一个把中国比作睡狮的是拿破仑。200年前拿破仑说,狮子睡着了,苍蝇都敢落到它的脸上叫几声;中国一旦被惊醒,世界会为之震动。拿破仑的"中国醒狮论"很大程度上影响了19世纪欧洲知识分子对中国的基本观。

近200年间,西方列强一直没把拿破仑的提醒当作一回事,一直做着惊醒中国的事,期间也确实有苍蝇"落到它的脸上叫几声"。

新中国成立以来,特别是改革开放以来,中国突然发力,在经济上、军事上创造了人类历史的奇迹,拿破仑的预言变成了现实,世界确实"为之震动",其中以美国为甚。如今的美国没有当年英国幸

散

文

运,当年英国面对的中国是一只睡眠中的狮子,如今美国面对的中国是一只已经被惊醒的狮子,这只被惊醒的狮子,确如拿破仑说的那样,"明白他们自己的力量。他们会思考;他们会建造船只,用火炮把自己装备起来"。中国睡狮醒了,走到了世界中央,而美国还做着全球老大说一不二的旧梦。美国的重返亚太战略要做的正是这件事。一边是放出几只苍蝇嗡嗡叫,怂恿菲律宾、日本等国与中国叫板,一边忙着设置捕杀狮子的工具,试图让中国狮子因恐惧而就范。对此,中国狮子说"不"!

4月8日下午,中央军委副主席范长龙在与美国国防部长哈格尔会谈时当着中外媒体的面指责哈格尔说:在钓鱼岛问题上,美国一再表示不选边站队,令人费解的是,部长先生却公开表示欢迎日本解禁集体自卫权,为日本撑腰打气。在南海问题上,中国对南海的主权主张是一贯的、有历史依据的,菲律宾侵占中国南海岛礁,部长先生却袒护菲律宾,指责中国。在当前海峡两岸局势呈现和平发展的良好势头下,美国会众议院却于7日通过涉台议案,搅动台海局势,这是完全错误的。对此,中国人民是不满意的。这次范长龙的表态与前几年的我国驻南联盟使馆被炸、南海撞机事件、日本小泉首相屡次参拜"靖国神社"、西方国家公然包庇台独藏独人员时我们只表示"强烈谴责""深表遗憾"相比,要强硬得多,可谓掷地有声。中国军界此番强硬作风实乃罕见,足以证明中国这头狮子醒了!一头醒来的睡狮,带给世界的不是颤抖,而是梦想。因为中国这头狮子是一只和平的、可亲的、文明的狮子。中国狮子是秉承天下大同、天下为公理念的狮子，虽然很强大，但把森林里的所有成员都视为伙伴，坚持走和平发展的道路。

中华民族是爱好和平的民族。和平、和睦、和谐的追求深深植根于中华民族的精神世界之中，深深融化在中国人民的血脉之中。中国不认同"国强必霸"的陈旧逻辑。

众所周知，中国为朝核问题的六方会谈竭力调解、为中东巴以和谈穿梭外交、在乌克兰问题上秉持客观、公正、负责任的立场……中国政府正积极地投入国际热点问题的解决，为世界和平贡献中国力量。

习近平主席的狮子论拥有完整内涵，不可只讲"醒了"这一点，而忘了"和平的、可亲的、文明的"另外一点。只有全面准确理解把握中国的狮子论，有关国家才不会误判中国这头醒狮，犯致命的错误。

2014 年 4 月

散
文

189

由吴平的学位造假说诚信

3月31日美国德克萨斯 A&M 大学教授、浙江大学遗传学研究所教授(兼任)朱冠在他的博文中实名刊发举报信,并给出一定的证据,举报浙江大学副校长吴平涉嫌学位造假。

一个堂堂的大学校长涉嫌学位造假,真是令人吃惊!

古人说:"大学之道,在明明德,在亲民,在止于至善。"意思是说,大学的宗旨在于弘扬光明正大的品德,在于使人弃旧图新,在于使人达到最完善的境界。

而吴平的所作所为何以明德?何以使人至善?他的学位造假,毋庸置疑又将引起舆论对于学界诚信问题新一轮的关注。

宋代理学家朱熹说:"诚者,实也。""诚者,真实无妄之谓。""信",《说文解字》认为"人言为信",程颐认为"以实之谓信"。可见,"信"不仅要求人们说话诚实可靠,而且要求做事也要诚实可靠。而"信"的基本内涵也是信守诺言、言行一致、诚实不欺。孟子曰:"诚者,天之道也;思诚者,人之道也。"所以立身处世,当以诚信为本。诚实无欺,信守诺言,言行相符,表里如一,这是做人的基本要求。一个大学校长理应成为做人的表率,而吴平却丧失诚信,何以为人师表?

现在谈诚信的话题,我觉得很沉重,我觉得现在我们的确生存在一个缺乏诚信的时代。

你看，在现今中国学界，失信的现象何其严重！学术诈骗、学位造假、论文抄袭等的举报和揭露不胜枚举。例如，西安交通大学长江学者特聘教授、博士生导师李连生存在严重学术诈骗行为，科技部公开撤销其昔日获得的 2005 年国家科学技术进步奖二等奖获奖项目"涡旋压缩机设计制造关键技术研究及系列产品开发"，他因学术造假被西安交通大学解除了教师聘用合同。又如，中山大学外语教学中心主任夏纪梅伙同王哲等人，在申报 2009 年度"国家精品课程"时，张冠李戴，大肆造假，骗取名利。前不久，复旦大学附属眼耳鼻喉科医院医师王宇澄举报他的导师、中国科学院院士王正敏涉嫌学术抄袭、科研成果剽窃、院士申报材料造假等问题。

学界如此，其他行业又何尝不是这样呢？例如，在商业交易中，假冒伪劣商品屡禁不止，那"三鹿奶粉"血一样的教训，让我至今还心有余悸……凡此种种，不胜枚举。

发生在文化领域的学术腐败和弄虚作假等失信行为也在不断侵蚀着人们对整个社会的信仰和支持。社会生活领域的违信行为越来越多，引发了人与人之间、人与社会之间严重的危机，甚至是对自身价值观、人生观的质疑和背弃。

当前的"诚信危机"对社会价值观形成了严峻挑战。莎士比亚说过："失去了诚信，就等同于敌人毁灭了自己。"背叛诚信的行为，也终究会因为抛弃诚信而反被社会抛弃。事实上，不管是什么失信行为，最终结果都是自己搬起石头砸自己的脚，奶业巨头"三鹿"因三聚氰胺事件而倒闭就是鲜活的例证。

孔子说："民无信不立。"程颐也曾说过："人无忠信，不可立于世。"千百年来，诚信被中华民族视为自身的行为规范和道德修养，在基本字义的基础上形成了其独具特色并具有丰富内涵的诚信观。

古语云："反身而诚，乐莫大焉。"只有做到真诚无伪，才可使内心无愧，坦然宁静，给人带来最大的精神快乐，是人们安慰心灵的良药。人若不讲诚信，就会造成社会秩序混乱，彼此无信任感，后患无穷。但只要我们都对讲诚信者怀有崇敬之意、效法之心，诚信就会逐渐成为一种风尚，社会就一定能更加诚信起来。这需要我们有"不畏浮云遮望眼"的胸襟与眼光，需要我们坚守"天道酬诚"这个人间正道。

话题还是回到大学，我认为大学之所以称为大学，关键在于它的文化存在和精神存在。北京理工大学教育科学研究所杨东平教授在他的《大学精神》一书中指出："大学教育的最高目标是培养承担社会责任，转移社会风气，具有很强的社会责任感和使命感，能够思考解决重大问题、复杂问题的知识分子。"大学生行为守则把诚信放在首位："立身诚为本，处世信为基。"我们的大学不要因为个别教授、校长的学术、学位造假而失去诚信，不要因为诚信危机而影响现在的年轻人——未来的中国事业接班人。我希望我们的大学校长都能像蔡元培、匡亚明那样，教授、院士都能像王选那样，厚德载物，诚信做人！

2014 年 4 月

变味的称呼须纠正

近日,广东省纪委发出通知,党政机关工作人员之间一律不准使用"老板""老大""兄弟""哥们"等庸俗称呼,坚决纠正"四风"在称呼上的不良表现。

笔者认为现在在称呼上,的确有些变味了。称呼染上了"江湖气息",沾上了铜臭味,有些庸俗化。如今,称领导为"老板""老大"已是司空见惯了。而这种称呼亦蔓延到了高校,在高校里,学生称自己的导师为"老板"也较普遍。同志、同事之间,现在亦以"兄弟""哥们"相称。近几年,我时常听到有人称自己单位的领导为"老板",而且社会上称呼官场"一把手"为"老板"也很盛行。后来"老板"称呼又嫌过时了,称呼变成时髦的"老大"了。于是"老大"重出江湖成了下属对"一把手"的雅称,这种称谓甚至还蔓延到领导层。

从"同志"到"职称"再到"老板"和"老大",让一个看似有序的党内或官场称呼,变得像沁浸在商业化和江湖化的庸俗沼泽中,简直不像先进组织的造化。官场称呼的不断更新变异呈病态,的确值得深思。

一般来说,官与官之间互称职务是一种礼节,民对官员职务的称呼更多的表现了一份敬畏,这也是国人为何对官怀有"羡慕、嫉妒"的复杂心理。当这种逢迎的双方有意无意形成了一拍即合的自

散
文

193

然时,破除这种陋习是件很难的事。官场的职务称呼在我国有着历史的必然,更有至今各时期人们继续推波助澜的社会基础。我们不可能指望一蹴而就,迅速杜绝官职称谓,但我们也不能继续做鼓吹变味称谓的推手。

当前,我们党政机关部分党员干部受官僚主义、宗派主义、"江湖习气"等不良风气的影响,把同事、同志间的称呼庸俗化,破坏了党内民主,损害了公仆形象,这与党的宗旨和人民政府的性质极不相称。针对近年来党内官场称呼的不正之风,广东省纪委发出关于严明党政机关工作人员之间称呼纪律的通知,可谓一剂良药。我们为之击掌,为之叫好!它有利于提高党员干部队伍的战斗力和凝聚力,提升党和政府的形象。

其实,对待党内的称呼问题,我们党曾有过明确的规定。

1921 年,中共一大通过的党纲正式写道:"凡承认本党党纲和政策……都可以接收为党员,成为我们的同志。"这时的"同志",还只在社会精英间流行。

1949 年新中国成立后,"同志"迅速成为正确甚至唯一正确的政治称呼。1959 年毛泽东就专门指示,要求大家互称同志,改变以职务相称的旧习惯;"文革"前的 1965 年 12 月 14 日,中央专门发了《关于党内同志之间的称呼问题的通知》,再次要求"今后对担任党内职务的所有人员,一律互称同志";1978 年 12 月的十一届三中全会公报再次强调"全会重申了毛泽东同志的一贯主张,党内一律互称同志,不要叫官衔;任何负责党员包括中央领导同志的个人意见,不要叫'指示'"……党内如此反复强调党内间的同志称谓重要性，目的在于发扬党的优良传统，克服和抵制腐朽特权习气和官僚主义作风。

遗憾的是，举国尤其是党内曾经广泛使用、表面没有高低贵贱差异的"同志"称呼，历经30多年的沧桑，并没有真正坚守下来。说好听的是民族劣根和虚荣心作怪，"官本位"思想始终没解决好；说难听的，就是一种蜕化和腐败。

2013年10月，《人民日报》转载了题为"党内称谓容不得江湖气"的评论，说"不知从何时起，互称'同志'的人越来越少，甚至一些脱胎于江湖绿林，裹挟着浓厚封建陋习的'老板''总管''大哥'等庸俗化的称呼，在某些部门或单位已渗透到党内。"

先前党内外称"同志"，是一种志同道合与共同信仰人群间的共勉尊称。随着一些人的地位变化，没了早年枪林弹雨出生入死的恶劣环境，"同志"一词在党内早已为等级森严的职务称谓所替代。

我们认为：一个社会，国民追捧这种逢迎，官员乐于这种招摇，实质就是一种社会病态。人们热衷于用职务作为称呼并风靡不衰，只能证明这个社会的官场极度不正常。

称呼问题实际上反映了人们的思想作风和道德修养。读到一篇记述林彪家事的文章，他的女儿称林彪为"首长"，称叶群为"叶主任"，现在林彪早已化为焦土，但这种称呼政治化的阴魂依然未散。

相反，刘少奇在当选为全国人大常委会委员长当天，他的秘书一连叫了四次"刘委员长"，他听而不理，并严肃批评说："我没有名

散
文

字吗？一直称同志不是很好吗？"

2013 年 6 月 1 日，全国人大常委会委员长张德江到深圳调研，当 TCL 董事长李东生汇报工作称呼"委员长"时，就被他打断："叫'老书记'就行，叫张德江我就更高兴了。"

兰考的乡亲们叫焦裕禄为"老焦"，北京的工人对李润五喊"润五"。这种直呼其名的称呼，不但不是对领导的不恭，反而更说明"老焦""润五"与群众之间情同手足的亲密关系。

在宣传、贯彻党中央党的群众路线教育实践活动中，广东省纪委发出关于严明党政机关工作人员之间称呼纪律的通知，纠正当前党内在称呼问题上的不正之风，起到了很好的作用。我们希望其他地方亦能如广东一样，纠正党内的变味称呼。

2014 年 5 月

贫富之间,一墙之隔

　　上海市是一座国际化的大都市。这里拥有大量的高档别墅,住着一群富人;也有不少贫民窟,住着外来的打工者、拾荒者。地处吴中路、虹许路口的明申花园是一座不算高档的别墅,墙外的徐汇区虹梅街道所辖的邹家宅则是一群外地来上海打工者的蜗居房。贫富之间,是真正意义上的一墙之隔。

　　明申花园,它由4幢小高层、复式公寓和别墅组成。二期主要由62户联体别墅和104户复式公寓构成。区内建有16000平方米的中央花园。明申花园小区环境较好,它的绿化覆盖率比其他小区高。小区有集游泳池、健身房、洗衣房、棋牌室、养生会馆于一身的会所,还有幼儿早教中心。

　　明申花园的别墅,一般都是四层,面积在300平方米左右,价格在千万元以上。别墅的底层是车库,一楼是客厅,二楼是厨房、餐厅,三楼是卧室,四楼是书房并带露天大阳台。每户拥有独立院落,根据主人的兴趣和爱好,有的院落有花园,有的院落有假山、喷泉、鱼池,有的院落有草坪、秋千、葡萄架……

　　墙外的邹家宅紧靠蒲汇塘河道。走过蒲汇塘天名桥,向南边走不到两三百米就是漕河泾经济开发区,那里有现代高科技厂房。邹家宅当地住户一般是二层的老房子,他们在自己房子四周用装修的废弃材料搭起了一间间的鸽子笼，一间也不过三五个平方，用来出租给外来打工者，租金一般是每月五百到八百元。这些"房子"只能放一张床，没有窗户，顶多也只有两米高。好在房子里有电，房外有共用自来水。这些外来打工者的家一家挨着一家，一户连着一户。他们的棚房与对面的棚房一般相隔一米多一点，这空出来的一米多是人行通道。外来打工者有单身的，有一对小夫妻的，有一家三口的，他们都蜗居在这里，做着脱贫致富的梦。邹家宅里面亦有小商店，卖一些打工者所需的日常生活用品，亦有卖早点的大饼油条铺子。还有小饭馆、缝纫店，做着打工者的生意。

明申花园别墅的住户，出入是高档的轿车，什么宝马、奔驰、法拉利、兰博基尼、美洲虎等名车，而且有的有专职司机，自己不用驾驶。他们的孩子一般都花高价上私立幼儿园、小学，一年费用在二十万左右。他们家里一般都雇有保姆，这些保姆大都来自安徽、河南、四川、江西、贵州等贫困地区，她们给主人家干打扫卫生、接送孩子、烧饭等家务，有的保姆专门负责遛狗。别墅房的庭院花草亦有专人打扫、修剪。总之，富人是不用自己动手做事的，他们的事都花钱请人代干了。

墙外的邹家宅的打工者，出入只能靠双脚，好一点的骑个自行车、电瓶车，来到像明申花园一样的住宅小区做家政服务。他们的孩子入托难，上学难，他们的收入无力承担高昂的教育费用，大多数人只能将孩子放在老家，接受农村的教育。他们白天要出去工作，一般干保安、清洁工、家政服务等，晚上回来，自己弄点简单的饭菜，填一下饥饿的肚子。

墙内的别墅，晚上灯火辉煌，歌舞升平。夏季，他们会在自己的庭院里摆上桌椅，烧烤野味，品尝美味佳肴。他们的喧笑声，有时会惊醒墙外打工者的梦，让这些外来的打工者发出几声慨叹……

别墅四周的围墙很高，至少有两三米高，围墙上面是四道电子围栏，上面挂着"电子围栏，高压危险"的牌子，每个路口都安装着摄像头，进行监控。进出小区需要刷卡，安全措施可谓周全。

一道高高的围墙和"高压电子围栏"将富人和穷人隔在墙内和墙外。贫富之间，一墙之隔。

中国改革开放的总设计师邓小平先生 1985 年 10 月 23 日在会见美国时代公司组织的美国高级企业家代表团时说："我们的政策是让一部分人、一部分地区先富起来，带动和帮助其他地区、其他的人，逐步达到共同富裕。"这一政策的初衷邓小平解释得很清楚，就是"先富带动后富，最终达到共同富裕"，他认为"共同富裕是社会主义的根本原则"之一。但是，在贯彻执行的过程中，却片面强调少数人"先富"，而严重忽视"共同富裕"，甚至把少数人"先富"抬到了至高无上的地步，以至于谁要提"共同富裕"，就给谁扣上"极左"的帽子。这些年最时髦的口号之一，就是"打破平均主义大锅饭，进一步拉开收入分配差距"。而且，在这个过程中，不讲"先富"的手段方法是否合法，只要富起来就是本事，于是出现了许多违规违法的"暴发户"，一些人靠"双轨制""官倒"等投机行为捞足了"第一桶金"。

再者，城乡居民收入差距在扩大，农民从事的产业是传统农业，

散文

传统农业的劳动生产率比较低,他们只能"维持生计"。城市居民从事的是现代制造业、信息业和服务业。现代产业的劳动生产率高,职工能够得到较高的工资收入。

  邓小平倡导的改革开放至今已走过 35 个年头了,他所倡导的"让一部分人先富起来"这句话已经得到了落实,变成了现实,像明申花园别墅的富人;但是他的另一句话让他们"带动和帮助其他地区、其他的人,逐步达到共同富裕"至今却难以得到落实,像邹家宅的打工者们,他们的生活状况令人感到忧虑,他们与富人之间仅一墙相隔,我想,光靠电子高压围栏是难以防范的,这点需要我们党和政府的决策者妥善处置啊!

2014 年 5 月

拜谒姚鼐墓断想

我拜谒姚鼐墓是在 20 世纪 80 年代初,那年正月我从江南回家过春节,邻村的王医生来家拜年,作为回访,我到了王医生所在的阮畈村。在王医生的陪同下,我们一同到铁门口拜谒了姚鼐墓。

姚鼐墓,位于枞阳县义津镇朱公村铁门口,现属阮畈村,不过当地村民还习惯说是朱公村。姚鼐墓距我家朱公桥钱庄不远,约二华里路。墓是坐东朝西,从村口进来首先看到的是墓的后方,墓的前方有两块碑,一块是 1961 年立的县级文物保护单位的石碑,一块是清嘉庆二十四年的姚鼐墓碑。墓主人落款为"惜抱姚公","惜抱"源于姚鼐在钟山书院内所设轩名"惜抱轩",后来人们以此为先生名,世称"惜抱先生"。墓地位于村庄的正中间,前后左右都是农家。坟冢就是一抔黄土,上面长满了青草,没有水泥砌成的豪华装饰,没有汉白玉的围栏,它与普通的墓地毫无差别。唯一的区别就是墓地前面的那块 1961 年枞阳县人民政府立的"全县文物重点保护单位姚鼐墓"的碑。要不是这块石碑,我真的不敢相信这就是桐城派散文集大成者姚鼐的墓!我觉得姚鼐的墓也太寒碜了。

桐城派,驰骋中国文坛数百年,影响深远。作为桐城派集大成者的姚鼐,可谓功勋卓著,他的墓葬如此之简陋,是令我始料未及的。枞阳乃是桐城派之乡,桐城派三祖皆出自枞阳。枞阳素有"诗人之窟，文章之府，气节之乡"之称，为什么舍不得花点钱修一下姚鼐的墓呢？这是我当初的原始想法。

王医生说，正因为墓简朴，在文化大革命中，没有挖出什么，扫"四旧"也没有扫掉什么。我想，这倒也好。简朴之墓免遭盗窃，岂不幸哉？如果是帝王大臣之墓，财主富豪之墓，说不定早就被挖掘了。这样想，反倒觉出姚鼐墓简朴、简陋的好处。

其实，姚鼐墓朴素原始，显得寒碜，我们也不必为之伤怀。在了解姚鼐的一生后，你就不难理解了。墓的简朴未必不是大师的本意。

姚鼐（公元1731～1815年），字姬传，一字梦谷，室名惜抱轩，世称惜抱先生、姚惜抱。乾隆二十八年中进士，历任山东、湖南乡试副考官，会试同考官和刑部广东司郎中等职。乾隆三十八年，清廷开四库全书馆，姚鼐被荐入馆充纂修官。《四库全书》成，鼐乞养归乡，不入仕途，时年44岁。他在人生盛年辞官回归故里，绝意仕进，先后主讲于扬州梅花书院、安庆敬敷书院、歙县紫阳书院、南京钟山书院，致力于教育四十多年，专心文学。他长于古文，是桐城派古文的重要作家和桐城派散文的集大成者，是将桐城派由发展推向鼎盛的关键人物，被学者誉为"桐城派立派之鼻祖"和"桐城派的领袖人物"。死后回到生养他的土地，在墓葬上与民同格，我想这也许是先生的本意。

我的这个推论还有一个根据，那就是他的《山行》诗："布谷飞飞劝早耕，春锄扑扑趁初晴。千层石树通行路，一路山田放水声。"你读了这首诗就知道,在田园风光中安息,那便是他的愿望。乾隆三十九年,泰安知府朱子颖怀揣银两,邀先生同游泰山,为的是借先生之墨笔名留青史。但先生在《登泰山记》中只写一句"与知府朱孝纯子颖由南麓登",谢绝了朱君重金。先生在世时不爱金钱,死后亦不图豪华,墓冢之简朴,正是他所求。

1986 年 7 月安徽省人民政府公布姚鼐墓为省级重点文物保护单位。2012 年,枞阳县政府按照"修旧如旧,不改变原状,恢复原貌"的原则进行了精心修缮。修缮后的姚鼐墓,墓饰简约,保留原有布局形制,松柏掩映,环境高雅清幽,是安徽省的重要旅游景点。到此旅游的游人,看到姚鼐先生的墓冢,大可不必为之简朴而伤感,应为先生不图钱财,不谋仕途,绝意仕进,心存教育,专心文章的崇高人品而骄傲。

2014 年 6 月

修缮后的姚鼐墓

金钱害死人

金钱害死人,这句话听起来有点不顺耳,但眼前的事实的确如此。

你如不信,我先给你举个原安徽省副省长王怀忠被金钱害死的事。

王怀忠,原本是个孤儿,由于其聪明好学,勤奋上进,很得组织器重。从亳县县长、县委书记到阜阳地区行署专员、书记,直到安徽省副省长,仕途坦荡。然而,就是这个王怀忠,自1994年以来,在任阜阳市主要领导和安徽省副省长期间,利用职务之便,为马某、杨某、倪某等人在贷款、房地产开发、土地批租等方面牟取不法利益,多次索取、收受对方财物。王怀忠就这样越陷越深,直到案发共索取、收受贿赂共计517万余元人民币,且对其拥有的价值480余万元的财产不能说明合法来源。2003年年底,王怀忠因受贿罪和巨额财产来源不明罪被一审判处死刑。2004年1月15日,山东省高级人民法院二审裁定,维持一审对王怀忠的死刑判决。

你看,一个仕途坦荡的王怀忠,从孤儿到省部级,走完了他的一生,被金钱给害死了吧!

被金钱害死的高官岂止是王怀忠一人呢? 在他前面的有原全国人大常委会副委员长成克杰,在他后面的有原中共安徽省委副书记王昭耀,他们都因受贿罪、巨额财产来源不明罪被判处死刑、死缓。

这些活生生的事实证明:钱,真的害死人啊!

金钱为何能害死人呢?你看古人造的这个"钱"字,你便知道了。"钱",明代的李之彦用拆字的方法解析钱。他说:钱,上着一"戈"字,真杀人之物,而人不悟也。清人汪介在《三侬赘人自序》中的一段与汉阳李云田的对话也对"钱"做了解释。云田曰:"古人名钱曰刀,以其刮利能杀人也。"汪介说:"执两戈以求金谓之钱,执十戈以求贝,则谓之贼而已矣!"同样表示出对金钱的强烈憎恶之情。

唐朝名臣张说,曾写一奇文,名曰《钱本草》,以金钱喻药,语句精炼,内容新奇。他说:"钱,味甘,大热,有毒。偏能驻颜,采泽流润,善疗饥,解困厄之难立验。能利邦国,污贤达,畏清廉。贫者服之,以均平为良;如不均平,则冷热相激,令人霍乱。其药取无时,采之非理则伤神。此既流行,能召神灵,通鬼气。如积而不散,则有水火窃贼之灾生;如散而不积,则有饥寒困厄之患至。一积一散谓之道,不以为珍谓之德;取与合宜谓之义,无求非分谓之礼,博施济众谓之仁,出不失期谓之信,人不妨己谓之智。以此七术精炼,方可久而服之,令人长寿。若服之非理,则弱志伤神,切须忌之。"全文褒贬兼具,把钱的性质、利弊、积散之道描写得淋漓尽致,令人深思。

"钱"又被称为"孔方兄",姓孔。另一明人朱载堉曾代孔圣人立言,写了首《黄莺儿·骂钱》的散曲,以此"孔"斥彼"孔":"孔圣人怒气冲冲,骂钱财:狗畜生! 朝廷王法被你弄,纲常伦理被你坏,杀人仗你不偿命。有理事儿你反复,无理词讼赢上风,俱是你钱财当车令。吾门弟子受你欺压,忠良贤才没你不用。财帛神当道,任你们胡行,公道事儿你灭净。思想起,把钱财刀剁,斧砍,油煎,笼蒸!"对金钱恨之入骨的神态,跃然纸上,令人叫绝。

这些古人的精辟论述,或比喻,或拟人,阐明了金钱害死人的道理。

历史与现实告诉我们,金钱有时也可以把新鲜的变成腐败的,美的变成丑的,尊贵的变成卑贱的,勇士可以变成懦夫,高官可以变成盗贼、乞丐、囚徒、死刑犯! 现在越来越多的人被金钱迷住了双眼,他们信奉"人为钱死,鸟为食亡"的哲学,选择了"做金钱的奴隶"这一生存方式,大肆地侵吞公款、贪污受贿,疯狂地走私贩毒,无耻地偷窃卖淫!

总之,钱本身并不是无情物,弄得好是财富,它可以给人带来欢乐和幸福。弄得不好,它将成为断头台上的绞索,也可以给人频添痛苦和灾难。

金钱是一把双刃剑,既可以疗饥解困、驱寒救难、用于为善、起死人而活白骨,也可以杀人、乱事、祸国、为害人间! 为善与作恶,全在你的一念之间。

钱,本是用以购买商品的一般等价物,并无好坏之分,善恶之别。但在社会中,人们对它的认识却不尽相同。有人信奉金钱至上,金钱万能;有人则认为金钱是毒蛇、陷阱,是一切罪恶的渊薮。认为金钱至上者,往往会掉进金钱陷阱,或被金钱毒蛇害死。常言说得好，"君子爱财，取之有道"。金钱是身外之物，生不带来，死不带去，昼夜千方百计，舍命似的把它积聚，究竟为的什么？

《红楼梦》中的《好了歌》对金钱说得很好："世人都晓神仙好，唯有金银忘不了，终身只恨聚无多，聚到多时眼闭了。"所以，我们要有正确的金钱观，要正确对待金钱，不要让金钱把自己杀死。

2014 年 6 月

散
文

枞阳出人,桐城出名

写下这个题目,是因为八百里皖江,其中五分之一在枞阳县境内,枞阳历史上曾孕育出无数的英杰,然而明清以来,唯桐城风骚远引,而桐城之辉煌实为枞阳人所创,故可谓"枞阳出人,桐城出名"。

枞阳历史悠久。早在原始社会,人类便在此生息、繁衍,西周时为宗子国,汉武帝元封五年(公元前106年)始设县治,名曰"枞阳",距今已有2100多年。由于历史变革原因,元、明、清以来枞阳一直为桐城县,为安庆府所属。直到1949年2月18日,划桐城东、南乡,庐江、无为两县少量地区设置桐庐县,县治初设项镇铺,后移汤家沟。1951年2月24日更名湖东县,属皖北行署安庆行政区人民专员公署,后属安庆地区行政专员公署。1954年秋,县治迁入枞阳镇。1955年7月1日更名为枞阳县,先属安庆专区、安庆地区,后属安庆市。

历史上的桐城派三祖,方苞、刘大櫆、姚鼐,均是枞阳人。

方苞(公元1668～1749年),字凤九,一字灵皋,晚年自号望溪,祖籍今枞阳县义津镇方皋庄。在游学京师时,他的文章得到大学士李光地的赏识。李光地称赞方苞是"韩欧复出,北宋后无此作也"。康、雍、乾三朝,方苞一直是官修重要文献的主要承担者。方苞首创"义法"之说,义即言有物,法则为言有序,即文章要有内容、有条理,提倡道文统一。"义法"说为桐城派散文理论奠定了基础,后经刘大櫆、姚鼐等大家的力推,终于发展成为主盟清代文坛二百年的桐城文派,方苞被称为桐城派鼻祖,在海内外影响深远。方苞著作丰厚,使枞阳享有"文章之府"的美誉。

刘大櫆(公元 1698～1780 年),字才甫,一字耕南,号海峰,枞阳县汤沟镇陈家洲人。他从小才华出众,20 多岁以布衣入京,方苞见到他的文章,极其叹服说:"如苞何足算哉! 邑子刘生乃国士尔!"并称赞刘大櫆有韩愈、欧阳修一样的才华。刘大櫆终生以教书为主要职业,与方苞、姚鼐是承上启下的师生关系,被方苞赞赏为奇才、"国士"。刘大櫆的文学主张是"神气"说,着意以语言艺术来体现文章的"神气",这是刘大櫆的独创,是对方苞"义法"说的补充、拓展,从而丰富了桐城派的文学理论。刘大櫆于公元 1780 年病逝于家乡,葬于今枞阳县金社乡向荣村,墓为省级保护文物。

姚鼐(公元 1731～1815 年),字姬传,又字梦谷,祖籍在义津镇姚王集。姚鼐 15 岁拜刘大櫆为师,33 岁考中进士,授翰林院庶吉士。姚鼐曾担任《四库全书》纂修官,还曾担任扬州梅花书院、安庆敬敷书院主讲等。姚鼐在师承方苞、刘大櫆的"义法""神气"说的基础上,提出了"义理、考据、辞章"的散文创作理论。姚鼐对传统文论的另一重大贡献是提出富有创见性的"阴阳刚柔说",他说:"天地之道,阴阳刚柔而已。文者天地之精英,而阴阳刚柔之发也。"他认为文章阴阳刚柔的变化,乃是作者性格、气质、品德的表现。这对我国古代散文审美理论和风格特征是一次重大突破。1810 年姚鼐卒于

散

文

南京钟山书院,时年85岁,1819年归葬于今义津镇阮畈村铁门口。姚鼐墓为安徽省文物保护单位。在桐城派的形成发展过程中,姚鼐被公认为是桐城派的集大成者。至姚鼐时,桐城文派正式形成,并进入鼎盛时期。

方苞、刘大櫆、姚鼐创立的桐城派是我国清代文坛上最大的散文流派,亦称"桐城古文派",世通称"桐城派"。它以其文统的源远流长,文论的博大精深,著述的丰厚清正,风靡全国,享誉海外,在中国古代文学史上占有显赫地位,是中华民族传统文化中的一座丰碑。道光、咸丰年间的曾国藩在《欧阳生文集序》中,称道方、刘、姚善为古文辞后,说:"姚先生治其术益精。历城周永年书昌为之语曰:'天下之文章,其在桐城乎?'由是学者多归向桐城,号桐城派。"而现当代文化名人如胡适、郭沫若、钱钟书、朱光潜等,都受到过桐城派散文的潜移默化的影响。

桐城派殿军吴汝纶亦是枞阳人。吴汝纶(公元1840～1903年),字挚甫,今枞阳县会宫镇老桥村吴牛庄人。他既是桐城派后期一位非常重要的作家,也是我国近代一位杰出的教育家,是曾国藩"曾门四大弟子"之一。光绪二十八年赴日本考察教育与学校,受到日本天皇的接见。吴汝纶把考察记录整理成10万多字的文稿,日本东京三省堂书店抢先于当年出版,受到日本各界高度评价。吴汝纶在文稿中倡导近代平民教育,提出要把小学作为每个国民都应该接受的义务教育,这种教育理念超越时代百年,被称为近代教育先驱。从日本回国,吴汝纶寓居在安庆,借巡抚衙门南院,筹建桐城学堂,即今桐城中学的前身,自任堂长,并把"勉成国器"作为办学宗旨。由于办学积劳成疾,于光绪二十九年正月十二日在家中病卒,终年64岁。1915年家人将其安葬在家乡吴牛山,其墓为省级文物保护单位。

枞阳人不仅以桐城派闻名于世,在明末清初还有饱学大家方以智,戏曲作家、诗人阮大铖,"铁骨御史"左光斗等。

方以智(公元1611～1671年),明桐城人(今枞阳县浮山镇会圣村陆庄人)。他是17世纪我国伟大的思想家、哲学家、科学家。方以智著书数百万言,《通雅》《物理小识》《药地炮庄》已收入《四库全书》,《通雅》一书早在清嘉庆、道光年间,就已经传到日本、朝鲜等国。1961年,安徽省博物馆为纪念他诞生350周年,曾主办过他的著作和生平事迹展览。方以智的墓在枞阳县浮山风景区内的白沙岭,墓碑上,一副对联"博学清操垂百世,名山胜水共千秋"简明又准确地概括了方以智一生的成就与品格。方以智的出现,开创了中国文化由理学向实学转变的道路。

最具代表性的人物,当算具有"铁骨御史"称号的左光斗。左光斗(公元1575～1625年),字遗直,一字共之,号浮丘,明桐城人(今枞阳县横埠镇人)。"铁骨御史"这个称号来源于史可法之语:"吾师肺肝,皆铁石所铸造也。"天启四年,魏忠贤把持朝政,东林名臣左光斗列魏忠贤32条当斩之罪。天启五年,左光斗于狱中被摧残致死,年仅51岁。

明末戏曲作家、诗人阮大铖(公元1587～1646年)是今枞阳县

211

浮山镇人。他可以称得上是当之无愧的皖江戏曲文化的奠基人，为戏曲艺术的发展做出了独特的贡献。

再看现代、当代，枞阳又有多少杰出人物，各领风骚。童长荣（公元 1907～1934 年），枞阳镇人，领导东北抗联英勇抗日，曾任中共河南省委书记；章伯钧（公元 1895～1969 年），后方乡育才村人，活跃于政治大舞台，一手创建农工民主党；方东美（公元 1899～1977 年），杨湾乡人，学贯中西，成为世界级哲学家；朱光潜（公元 1897～1986 年）麒麟镇岱鳌村朱家老屋人，一代美学大师，中外闻名；黄镇（公元 1909～1989 年），横埠镇黄山村人，将军、外交家，从战场到外交均不辱使命，爱国之心，爱乡之情，知者不忘；慈云桂（公元 1917～1990 年），麒麟人，中国科学院院士，开中国计算机科学研究之先河，被誉为"中国计算机之父"；汪旭光（公元 1939～），横埠人，中国工程院院士，长期从事炸药研究，人称"炸药大王"；疏松桂（公元 1911～2000 年），钱桥人，自动控制学专家，献身高科技，为我国"两弹"研究做出了卓越贡献，享誉海内外。还有 2003 年、2013 年分别被评为中科院院士的枞阳麒麟人陆大道、枞阳白云人丁汉。

枞阳名人还有……

枞阳为什么产生如此众多的名人呢？

这得益于枞阳县的自然地理环境和浓厚的人文底蕴。枞阳县地处安徽省西南部安庆市正东面，长江北岸，大别山之东南麓。据地方志记载，"枞阳负山而居，山不甚高，因多枞得名"，又"盖在枞水之阳，故汉以名县"。八百里皖江，枞阳独占五分之一。在陆路交通不便的古代,枞阳外得长江之便,内兼河流湖泊纵横交错,河网密布,八方通途,造就了枞阳商贾云集、物阜民丰、人文蔚起的局面。唐宋时期,元末明初,为躲避战乱,寻求新的生息之地,生活在徽州、江西等地的名门望族向北迁移,纷纷落户皖江地区。这些新移民们的到来,增添了枞阳乡土上的琅琅书声。外来文化在融入本土之后,催生了新的生命力。经过数代人的努力,这些新移民在枞阳扎下根来,凭借着自己的文化成就,形成了诸多显赫的文化世家。

正因为此,枞阳名人巨儒,多若繁星;饱学之士,璀璨寰宇。时至今日,未见其衰,高考屡次摘取省冠!

枞阳素有"诗人之窟、文章之府、气节之乡"之盛誉,享有"稻谷之仓廪、鱼米之阜地"之美称。

千百年来,生活在枞阳这块土地上的人们,他们勤劳睿智、崇文尚武、求真务实、谦和兼容、爱国爱民,彰显着枞阳人的人格魅力;他们就像流经这片土地的长江一样,源远流长,自强不息,求索攻坚,为中华民族的文明与进步做出了积极贡献。

2014 年 3 月

散文

既为"经师",更为"人师"

"经师易求,人师难得。"这是《北周书·卢诞传》对教师角色的一则论述。

在第三十个教师节来临之际,习近平总书记同北京师范大学师生代表座谈时说:"一个优秀的老师,应该是'经师'和'人师'的统一,既要精于'授业''解惑',更要以'传道'为责任和使命。"

作为一名高校教师,如何做到"经师"与"人师"的统一呢?这就需要高校教师有良好的师德。

高校教师不是一般的"教书匠",他是"塑造灵魂、塑造生命、塑造人的工程师"。教师担负着"传道授业解惑"的使命。教师教育学生,不仅通过言教,而且通过身教;不仅用丰富的学识教人,更要用自己的品格教人,用自己良好的道德行为去影响、启迪和感化学生的心灵。我们知道,教师的学识会影响学生,教师的言谈举止、待人处世、兴趣爱好,乃至气质、性格等同样也会影响学生,对学生起着熏陶、感染和潜移默化的作用。因此,教师应该在教育教学中用自己良好的师德去教育感染学生,只有这样,才能出色地完成教书育人的重任。

良好的师德,是教师在教育实践活动中形成和发展起来的,并与教师的世界观、人生观、价值观、教育思想、专业水平、教学水平、教学艺术等有机地融为一体,体现为教师的个性品质,即教师的人格。

19世纪俄国教育家,被称为"俄罗斯教育心理学的奠基人"的乌申斯基说:"教师人格对于年轻的心灵来说,是任何东西都不能代替的最有用的阳光;教育者的人格是教育事业的一切。"

美国学者芬斯特马赫曾这样表述过教师的师德:"教师从三个方面扮演着道德代言人和道德教育者的角色,其中一个重要的方面,就是教师以身作则,以自己的道德行为来感染学生,让学生从教师身上看到诚实、公平竞争、替他人着想、宽容和共享等品质。"如果这种以身则只存在于教学中,而在生活中教师随心所欲,那么这样的教师不会受到尊重,学生也无法从教师那里学到有价值的东西。

我国著名教育家陶行知说,"学高为师,身正为范"。老师是学生道德修养的镜子。高校教师既要做教书的"经师",又要做育人的"人师",这是作为一名教师应尽的义务。要有"捧着一颗心来,不带半根草去"的奉献精神,自觉坚守精神家园、坚守人格底线,带头弘扬社会主义道德和中华传统美德,以自己的模范行为影响和带动学生。

当前,在市场经济条件下,由于自我主体利益的确立,金钱财富对个人的诱惑力提升,也由于利己主义、拜金主义、享乐主义思想的泛滥,对于高校教师来说,如何看待自己的人生价值,如何对待金钱、名位、享受的诱惑,就成了一个十分尖锐而严峻的问题。如果一

散文

个高校教师把人生的价值放在追求金钱上,致使人格商品化,那就会堕落成为金钱的奴隶,就会干出各种罪恶的勾当,师德就极易滑坡,丧失。

2014年高考艺术类专业"校考"期间,新华社记者接到部分家长反映,一些招生中介四处兜售艺考"包过指标",名单涉及几十所高校艺术专业;一些交了钱的考生,竟然可以提前拿到考题。全国人大代表、华中农业大学校长邓秀新说,艺考是教育腐败的一个重灾区,主要利用专业课评分中的"主观弹性"。"只要事先买通考官,现场随便画一笔,就能顺利过关,外行人根本看不懂。"中国音乐学院张之良教授就揭露了这样一个事实:"艺术专业考场上,有考官的'黑哨'。有这种老师——考生不给他进贡,他就给打低分;给他进贡多了,他就敢颠倒黑白。"岂但艺术专业考试如此,其他专业的考试不也是这样吗?

君不见北京大学王铭铭教授剽窃他人著作吗?君不见兰州大学化学系教授张功成参与跨国集团制毒贩毒吗?上述个例说明,当前高校教师的师德在某些人身上已经丧失殆尽,他们丢了自己的德,违了国家的法;是谋自己的财,害他人的命。

习近平说,对于教师队伍中的害群之马必须予以清除。据中央纪委近日公布的信息,接受组织调查的18名高校领导中有东华理工大学校长刘庆成、河南警察学院院长毛志斌、辽宁医学院原党委书记张立洲、齐鲁工业大学党委书记徐同文等。

我们坚信,在习近平总书记的领导下,教师队伍里的害群之马一定会得到清除，良好的师德一定会建立起来。

　　建立高校教师的良好师德，必须树立起社会主义核心价值观，正确处理人生与金钱的关系，淡泊名利，志存高远，以推动科学发展、社会进步和人类文明为己任，在改造客观世界的同时，努力改造自己的主观世界，只有这样才能建立起良好的师德。

　　一名高校教师要想成为"授业""解惑"的"经师"，"传道"育人的"人师"，必须在学品、师品、人品上率先垂范。

　　一个高校教师，首先要培养自己高尚的学品。学术道德是师德师范体系的重要内容。高校教师要继承中国古代知识分子在学术道德和学术责任方面的优良传统，自觉抵制学术失范行为，在学术道德建设方面率先垂范。"板凳要坐十年冷，文章不写一句空"，"为天地立心，为生民立命，继往圣之绝学，开万世之太平"便是其学术责任感和学术道德的生动体现。曾多年担任斯坦福大学校长的唐纳德·肯尼迪教授在他的著作《学术责任》中认为学术责任"它和学术自由是一对范畴，学术自由是大学中永久性的话题。但是人们很少谈到学术责任问题。"他说："大学要获得社会的信任，就应该让公众认为大学的工作是基于诚实的行为，这一点尤为重要。"所以，高校教师学品要高尚，要尊重知识，善于学习，如饥似渴，宵衣旰食，广见博闻，吸纳众长，要精通自己所教的学科，要有渊博的知识。"要给学生一杯水，教师要有一桶水。"这一桶水应该是纯洁的。

　　其次是培养高尚的师品。一个师德高尚的教师，他像孔夫子那样"学而不厌，诲人不倦"；他像陶行知那样"捧着一颗心来，不带半

散
文

217

根草去";他是蜡烛,燃烧自己,照着别人;他是人梯,让学生踏在自己的肩膀上向科学高峰登攀;他是向导,在学业上精心点传,在德行上细心导航;他是园丁,流出的是辛勤的汗水,迎来的是满园春色。他"衣带渐宽终不悔,为伊消得人憔悴"。

再次是培养高尚的人品。一个师德高尚的教师,他"诚实做人,踏实做事";他坚持真理,公道正派;他兢兢业业,意识创新;他谦逊诚恳,乐于助人;他心理健康,意志坚强;他理想崇高,目标远大;他品德高尚,人格完美。

一个高校教师具备了良好的学品、师品、人品,也就具备了良好的师魂,也就树立了崇高的教师形象,进而成为学生敬仰、效仿的楷模。这样的大学教师既是传授知识的"经师",更是善于育人的"人师"。

2014 年 9 月

读点书吧，不阅读的中国人！

一百多年前　　　　　　　一百多年后

　　这是网络上流传的一幅照片：一百多年前，中国人躺在榻上抽鸦片，迎来的是鸦片战争，丧权辱国；一百多年后，中国人躺在床上玩手机。近日，一名印度工程师所写《令人忧虑，不阅读的中国人》红遍网络。他说："我在从法兰克福飞往上海的飞机上。正是长途飞行中的睡眠时间，机舱已熄灯，我吃惊地发现，不睡觉玩 iPad 的，基本上都是中国人，而且他们基本上都是在打游戏或看电影，没见有人读书。或许不应过分苛责。但我只是忧虑，如果就此疏远了灵魂，未来的中国可能会为此付出代价。"

　　看了这篇印度工程师的文章，我的心情非常沉重，那颗原本有些世俗麻木的心，还是被它刺痛了。我不禁大呼："读点书吧，不阅读的中国人！"

　　在现实生活中这种现象我们已经见怪不怪。在城里，从四五岁的孩童,到六七十岁的老者,大多数在上网打游戏,看影视剧,很难看到阅读者。原本还能在睡觉前阅读一下放在枕边的书,现在也被手机、ipad轻易地给替代了,一个个成了QQ、微信、微博迷,成了游戏影视迷。在融入信息时代的过程中犹如吸食了毒品,越来越不能自拔,书籍离我们越来越远了。

著名作家王蒙说:"微博、微信上的浏览和阅读是两回事。长期使用这种高度舒适化、便捷化、海量化的手段来获取信息,用网络浏览代替阅读和思考,人类就会变成白痴。"

据报载,一名大学毕业生在求职中过关斩将进入复试,却在最后关头败走麦城,原因是400字简历里错别字多达24个。这一算不上重大新闻的新闻,近日被各大网站转载,也被网民围观讨论。联合国教科文组织进行的一项调查显示,全世界每年阅读书籍数量排名第一的是犹太人,平均每人一年读书64本。而在中国,扣除教科书,平均每人一年读书1本都不到,远低于欧美发达国家。"不阅读的中国人"何其多也?

一个不喜欢读书或是失去读书兴趣的国家,将会是什么样的国家?一个不读书的民族,将会是怎样的民族?殊不知任何科技军事及娱乐的支撑,都是由文化基石打底的。不爱读书,不爱学习的国家是没有希望的国家;不爱学习的民族是劣等粗鲁无知的民族。文化的沙漠,是支撑不起我们民族的精神文明大厦的。

中华民族有着五千年的璀璨文化,自古以来喜欢读书。孔子说:"学而时习之,不亦乐乎!"他说读书学习是快乐的事。古人有许多发愤读书的故事:"凿壁偷光","头悬梁、锥刺股","囊萤映雪"……这些故事激励着我们一代又一代的人勤奋读书。

为什么我们民族如此喜欢读书呢? 因为"书犹药也,善读之可以医愚"。欧阳修说:"立身以立学为先,立学以读书为本"。

书籍是人类进步的阶梯。读书能够让你在极短的时间内,掌握大量的科学文化知识,摆脱愚昧和迷信,帮助你开拓视野,练就出广博的心胸与远大的理想和信念,培养你的高尚情操。正如培根所说:"读史使人明智,读诗使人灵秀,数学使人严密,物理学家使人深刻,伦理学使人庄重,逻辑学、修辞学使人善辩;凡有学者,皆成性格。"

莎士比亚说得好,他说:"书籍是全世界的营养品。生活里没有书籍,就好像没有阳光;智慧里没有书籍,就好像鸟儿没有翅膀。"

不阅读的中国人啊,你的耳边是否响起我们敬爱的周恩来总理"为中华之崛起而读书"的声音? 你快点醒醒吧,为实现中华民族的伟大复兴而努力读书吧!

2013 年 9 月

散文

学诗断想

诗是语言的精华,是文学的文学,所以诗词必须精炼隽永。就是说,诗词应当以最简练最美丽的语言,表达最深刻的思想感情。诗词讲究格律,讲究对仗,讲究韵律。所有这些优美形式,为诗词佳作的诞生提供了良好条件,但是,好诗词除了形式之外,更要有内容。所有好的诗词,都是内容与形式俱佳的,是二者的有机统一体。

因此,学写诗,第一还是要讲究立意。立意就是要创造诗的意境。意境是有限的、偶然的、具有特色的形象,蕴含无限的、必然的、深刻的生活本质的内容,以有限表现无限。我们写诗最爱犯的毛病就是立意不好。诗人的感情是要藏在意境之中的。

清代学者王夫之在《姜斋诗话》中说:"景生情,情生景,哀乐之触,荣悴之迎,互藏其宅。""互藏其宅"四字的内在含义,就是要"藏情入景",所以我们学写诗,最要注意造境,只有懂得如何藏情立意的道理才能步入诗的大门。

此外,写诗还要注意角度,正如苏轼诗所言:"横看成岭侧成峰,远近高低各不同"。角度不同,景色也就不同,立意也就不一样。卞之琳的《断章》诗足以说明这一点,他说:"你站在桥上看风景,看风景的人在楼上看你。明月装饰了你的窗子,你装饰了别人的梦。"这就是角度问题,诗人在两组具体的物象构成的图景中以主客位置的调换,突出了画面感与空间感,从而使诗的意境深邃悠远,含蓄深沉。所以写诗,我们对所描写的景物要仔细观察,要多层面、多角度、全方位的观察体验,这样才能为写好这个景物夯实基础。在这个基础之上选择好角度,写作时,最要明白的一个道理就是不要故意去修饰,做蛇足的加工。真正好的诗,应做到"平字见奇,常字见险,陈字见新,朴字见色"(沈德潜《说诗晬语》)。

关于写诗,曹雪芹有过精辟的论述。《红楼梦》第四十八回有一段香菱向黛玉学诗的描写,很有见地。黛玉道:"什么难事,也值得去学! 不过是起承转合,当中承转是两副对子,平声对仄声,虚的对实的,实的对虚的,若是果有了奇句,连平仄虚实不对都使得的。"香菱笑道:"怪道我常弄一本旧诗偷空儿看一两首,又有对得极工的,又有不对的,又听见说'一三五不论,二四六分明'。看古人的诗上亦有顺的,亦有二四六上错了的,所以天天疑惑。如今听你一说,原来这些格调规矩竟是末事,只要词句新奇为上。"黛玉道:"正是这个道理,词句究竟还是末事,第一立意要紧。若意趣真了,连词句不用修饰,自是好的,这叫作'不以词害意'。"香菱笑道:"我只爱陆放翁的诗'重帘不卷留香久,古砚微凹聚墨多',说的真有趣!"黛玉道:"断不可学这样的诗。你们因不知诗,所以见了这浅近的就爱,一入

散
文

了这个格局,再学不出来的。你只听我说,你若真心要学,我这里有《王摩诘全集》,你且把他的五言律读一百首,细心揣摩透熟了,然后再读一二百首老杜的七言律,次再李青莲的七言绝句读一二百首。肚子里先有了这三个人作了底子,然后再把陶渊明、应、刘、谢、阮、庾、鲍等人的一看。你又是一个极聪敏伶俐的人,不用一年的工夫,不愁不是诗翁了!"曹雪芹通过黛玉说出了作诗的途径,很有道理,作为学习者必须下功夫去研读古人的作品。

古人云:"熟读唐诗三百首,不会吟诗也会吟。"可见吟诵的作用。向唐诗宋词汲取精华,借鉴其成功经验,有利于在有限的空间里传达无限情感。在学习古典诗歌的情愫、意境、言辞、技巧的同时,吸收其营养,创作自己的诗,这是我学习写诗所走的路。

孔子曰:"不学诗,无以言。"这里的"诗"虽然指的是《诗经》,但可以看出孔子对"诗"的重视,可以看出诗在社会生活和人类文化上的重要地位。漫长的中国古代文学史主要是诗歌文学史,中国有唐诗、宋词的辉煌时代。唐之诗、宋之词传诵千年,流芳百世,它们是我国的艺术瑰宝,代表着中国韵文的最高成就。唐诗宋词对培养一个人的文化素质,确实是十分重要和直接的。感悟诗词的情感、意蕴,吟诵使之融为素质。吟诵诗词,不仅要知其然,还要知其所以然;不仅要感其然,还要悟其所以然。只有在深入到对作品"情"的感受和"蕴"的感悟中,才能学到知识、培养素质。

古人云:"诗言志",就是说诗歌是表达作者的志向、愿望和思想感情的。诗歌的本质是抒情。从这个意义上讲,没有感情就没有诗歌。因此,有人把感情比作诗歌的生命。白居易在《与元九书》中说:"诗者,根情、苗言、华声、实义。"可见他是把感情看作诗的根本。从写作过程来看,人们写作的动机总是心有所感,引发一种不可扼制的表达欲望,感到不吐不快,于是产生了写作冲动,这就是古人所说的"情动于衷而形于言"(《毛诗序》)。英国著名的诗人涅兹华斯说:"诗是强烈情感的自然流露。"我所写的都是自己的真实感受,都是自己的真实情感,都是有感而发。我认为情真诗才真,只有用自己的真情才能发掘诗的真谛。我一直记着老舍先生说过的一句话:"我不靠驾驭文字的本领,因为我没有这样的本领,我靠的是感情。"对写诗来说,再优美的辞藻、再绝妙的修辞,也敌不过一颗流淌着真情的心。这是我学习写诗的感悟。

写诗是一件辛苦的事,也是一件快乐的事。痛苦和欢乐总是如影随形难舍难分的,只有体会到过程的痛苦煎熬并且奋力挣扎之后,才明白欢乐的来之不易。说它辛苦,是指在创作过程阶段,这个阶段犹如住宅的设计与建造。清初戏剧理论家李渔把写作比作"工师之建宅",认为"何处建厅,何方开户,栋需何木,梁用何材",必须事先筹划,否则就不能恰当地运用材料建造房屋。文学创作是一种创造性的劳动,写作者要把丰富复杂的生活内容,组织到作品中来,就必须具有匠师之心,巧将安排,营造意境,推敲词语。唐诗宋词是我国古代诗歌中的极品,词语锻造精炼、鲜活、生动,字字珠玑、千古传颂。苏联著名诗人马雅可夫斯基把诗歌语言的提炼比作"镭的开采",指出"一个字安排得妥当,就需要几千吨语言的矿藏"。可见写

225

作者要达到语言的精炼，需要付出艰辛的劳动。这个过程是非常辛苦的。说它快乐，是指创作后的喜悦。这好比自己建好宅子，住进去的喜悦一样。尽管建造过程艰辛，但住进去还是非常惬意的。所以，我说写作也是一件很快乐的事情。你可以尽情地挥洒你的笔墨，写出事物的千姿百态，写出人生的精彩，留住身边值得留恋的人和值得回忆的每一件往事，记载下岁月的伤痕，记载下人生美好的瞬间。文字带给我的东西，不仅是一种乐趣，更多的是一种自我陶醉的喜悦。在文字的世界里，我把它当作自己的知己，尽情倾诉自己的内心，尽情享受其中的欢乐。我把自己的内心感受展示给人，"敞开肺腑与人看"，大胆地表达自己的心和意，追求那份真实的感动，真实的人生。这是我写诗的感受。

　　以上是自己学习写诗所走之路的总结以及学习写诗的感悟、感受，是为学诗断想。

2013 年 12 月

横看成岭侧成峰

——谈写作角度

"横看成岭侧成峰,远近高低各不同",这是苏轼《题西林寺壁》中的一句诗。这句诗告诉我们:观察的角度不同,所看到的景物是不一样的。写作也是如此,同一个题材,写作角度不同,写出的作品是不一样的,可谓是"一样题材百样文"。

写作者如何"横看"和"侧看",进行多角度思维,这是写作的一个重要问题。当面对同一事物时,从不同的角度写作,写出来的作品是不同的。同样是面对滚滚长江东逝水,苏东坡高唱"大江东去,浪淘尽,千古风流人物",写的是长江的宏伟壮阔气势;而李后主却低吟"恰似一江春水向东流"。这是因为他们写作的角度不一样,一个看到了它的壮阔,一个看到了它的绵长。不同的写作角度,写出了不同的千古佳作。

同是面对春天里的花朵,会有林黛玉的"红消香断有谁怜"的感怀;也会有龚自珍"落红不是无情物,化作春泥更护花"的心志。

同是一轮明月挂在夜空,张若虚吟出"江畔何人初见月,江月何年初照人"的思索;李太白写出"床前明月光,疑是地上霜;抬头望明月,低头思故乡"的乡愁。

当你读到这些诗句的时候,你能不为寄人篱下的林妹妹而伤

散文

怀？你能不为一心报国的龚自珍的落红护花而赞美？你能不为张若虚的人生思索而深思？你能不为李太白的乡愁而动容？因为他们站在不同的角度，写出的都是流传千古的佳作。

曾经有人问一位智者："什么是天堂和地狱？"智者没有直接回答，只是把他带到了一个地方，那里有一个装满了汤的大池子，池边有一些老者用长长的勺子舀着汤费力地往嘴里送，虽一刻不停，却个个骨瘦如柴，智者告诉他，这就是地狱。随即，他们又来到另一个地方，同样是一个装满汤的大池子，同样是长长的勺子，不过这里的老者是互相把汤送到对面的人嘴里。他们个个鹤发童颜，面色红润，智者微笑着说，这就是天堂。智者巧妙地变换角度，让问者看到了什么是地狱，什么是天堂。

上述故事告诉我们，角度问题取决于态度，取决于立场。在地狱，人们各顾各；在天堂，人们相互帮助，他们的态度是不一样的。为了进一步说明这点，我再说个故事。据说，从前在一个大雪天，秀才、官人、富商、乞丐四个人在一处躲雪，秀才见雪景吟诗道"大雪纷纷落地"，官人赞曰"都是皇家瑞气"，富商说"下它三年何妨"，乞丐随口骂道"放你娘的狗屁".为什么这四个人面对同样的雪景，说的完全不一样呢？这是因为他们的态度和立场不同。秀才是一介书生，他站在客观的立场上，说的是应景之言；官吏是皇家的差役，他站在官吏的立场上，当然会献媚皇家了；富商是衣食无忧之人，他站在富人的立场上，从他的角度看，"下它三年何妨"；乞丐饥寒交迫、朝不保夕，他站在穷人的立场上，当然会破口大骂。正由于四人的立场态度不同,他们说话的角度也迥异。可见,人的心态与立场影响并决定着人的语言,所以说写作角度取决于写作者的态度和立场。我们应该站在大众的立场上为人民而写作。

既然我们懂得了写作角度的重要,那么,怎样选择最佳写作角度呢? 选择最佳角度要符合两个要求:

首先,角度要小。选择的角度太大,必然涉及面广,就容易面面俱到,泛泛而谈。角度小,集中一点,连缀成文,效果就好。因为文章角度很小,主题却很集中,而且以小见大,一滴水能折射太阳的光辉。

其次,角度要新。所谓"新",就是不落窠臼。我们说,对同一个问题和事物,从不同的角度去阐述,见解也就不同。有些文章,写出来一看面孔就很熟,似乎在哪儿见过,这除了材料陈旧之外,主要是写作角度不新,无法写出新意来。我们必须明白,只有从新的角度观察事物,才能发现事物的新的特点,从新的角度分析事物,才能获得对事理的新的认识。

写作要讲究角度,选择什么样的角度来表现文章的主题,往往能决定一篇文章的优劣和成败。写作角度选得好,文章就会脱颖而出,极有新意,引人入胜,就会写出"人人胸中皆有,个个笔中俱无"的新颖独特的作品。

散文

2014 年 1 月

情感是文学创作的动力源泉

　　情感是文学作品中必不可少的内容要素,是文学创作的动力源泉。写作者投身于文学创作,情感就是最直接的动力来源。

　　我国古代文学理论家刘勰在《文心雕龙·知音》中说:"夫缀文者情动而辞发",意思是说写文章的人因感情触动才写作。俄国作家列夫·托尔斯泰曾经说过这样一句话:"艺术是这样的一项人类的活动,一个人用某种外在的标志有意识地把自己体验过的情感传达给别人,而别人因为受到感染而也能体会到这种感情。"郭沫若也曾说:"文学的本质是始于情感终于情感的。文学家把自己的感情表现出来,而他的目的——不管是有意识的还是无意识的——总是要在读者的心中引起同样的感情作用的。"可见古今中外作家对情感在文学创作过程中的动力作用认识是一致的。

　　黑格尔说:"一切情感的激发,心灵对每种生活内容的体验,通过只是一种幻相的外在对象来引起这……一切内在的激动,就是艺术所特有的巨大威力。"在理性内容和形象互相渗透融合的过程中,艺术家一是要求助于常醒的理智力,另一方面也要求助于深厚的心胸和灌注生气的情感。由于生活中的某些人事景物的触发,使文学创作者的心灵世界掀起了情感的波澜。这种情感的爆发,打破了心灵世界的平衡,为了求得新的平衡,文学创作者必须通过某种形式行为宣泄这种情感,以减弱情感在心灵中的压力。恩格斯在《反杜林论》中曾引用古罗马诗人尤维利斯的诗句:"愤怒出诗人。"别林斯基说:"没有情感就没有诗人。"这都说明文学的创作动机的产生离不开特定的情感,情感是文学创作的主要动力,情感是一种力量,因而具有动力性。假如情感不具有动力性,那么具有情感的人的创作也就无由产生。刘勰在《文心雕龙·情采》中这样讲:"盖《风》《雅》之兴,志思蓄愤,而吟咏情性,以讽其上,此为情而造文也。"意思是说像《诗经》中《国风》《小雅》等篇的产生,就是由于作者内心充满了忧愤,才通过诗歌来表达这种感情,用以规劝当时的执政者,这就是为了表达思想情感而写文章的。我们再来看看鲁迅的《〈呐喊〉自序》吧,在这篇序文里,我们可以清晰地看到鲁迅思想感情的脉搏——"医病"的问题。首先是为父亲买药医病,结果"我的父亲终于日重一日的亡故了"。接着是上日本的医学专门学校学医,决心"求治像我父亲似的被误的病人的疾苦",但作者看到的"一样是强壮的体格,而显示麻木的神情"的一群中国看客。作者从这群看客的身上,看到不再是身体的疾病,而是精神上的病症。作者由关注身体的病痛到关注精神的病痛,展示了作者思想感情发展的进程。于是自己便从"铁屋子"里跑出来"呐喊",希望唤醒铁屋子里熟睡的人们。于是便作起小说,便有了《呐喊》。从这里我们可以看出鲁迅写小说的原动力是来源于从深寂孤苦中所喷射出的一腔激情。

　　因此,我们说创作动机的产生离不开特定的情感,情感因素无疑是促使其产生的一个最为重要的原动力。《毛诗序》中说:"诗者,

散
文

志之所之也,在心为志,发言为诗。情动于中,而形于言。"这是说诗是人表现志向所在的,在心里就是志向,用语言表达出来就是诗。情感在心里被触动必然就会表达为语言,他指出了情感对创作动机的催生作用。刘勰在《文心雕龙》中提出"情以物迁,辞以情发",司马迁在《报任少卿书》中说"盖西伯拘而演周易,仲尼厄而作春秋,屈原放逐,乃赋离骚,左丘失明,厥有国语,孙子膑脚,兵法修列;不韦迁蜀,世传吕览;韩非囚秦,说难、孤愤;诗三百篇大抵贤圣发愤之所为作也"。这种蚌病成珠的说法,同样强调了情感对创作动机的催生作用。当代评论家钱谷融先生曾经指出:"一个作家总是从他内在要求出发来进行创作的,他的创作冲动首先来自社会现实在他内心所激起的感情上。这种感情的波澜,不但激动着他,逼迫着他,使他不能不提起笔来;而且他作品的倾向就决定于这种感情的波澜朝哪个方面奔涌的;他的作品的音调和力量,就决定于这种感情的波澜具有怎样的气势和多大的规模。这就是艺术创作的动力学原则。"。钱先生这段话十分明确地阐明了情感对创作动机的产生所具有的重要作用,指出情感是文学创作的动力。

再者,文学创作从某种程度上来说也是艺术的情感流露过程。文学创作的过程是一种情感活跃的过程,情感在文学创作中无时无刻不发挥着不可替代的重要促进作用。我们看看《出师表》《陈情表》便知道了!

在中国文学史上有"忠则《出师》,孝则《陈情》"的说法。《出师表》是三国时期蜀汉丞相诸葛亮在北伐中原之前给后主刘禅上书的表文,阐述了北伐的必要性以及对后主刘禅治国寄予的期望,言辞恳切,写出了诸葛亮的一片忠诚之心。全篇文字从作者肺腑中流出,动之以情,晓之以理,以情感打动对方,连呼先帝 13 次,声声热泪,析理透辟,真情充溢,感人至深。南宋诗人陆游曾高度评价这篇表文,说道:"出师一表真名世,千载谁堪伯仲间。"《出师表》不仅存之典册,而且灿然于文苑。

《陈情表》本是李密写给晋武帝的一篇奏章。朝廷征召,李密作为蜀汉旧臣,如不应召,则有自矜名节,不与朝廷合作之嫌。但相依为命的祖母老迈,李密又不能远离出仕。为迄终养,李密为此上书。在当时那个特定的历史时期,李密不敢直言拒绝,他用感人泪下的《陈情表》巧妙地拒绝了晋武帝的任命。《陈情表》以超乎寻常的孝道感动了晋武帝,使晋武帝不仅没有怪罪李密,反而赞叹李密"不空有名也"。实际上,李密在《陈情表》中表现出来的多种情感因素才是晋武帝收回成命的主要原因。文章以情动人,句句发自肺腑,动人心魄,具有强烈的抒情性。它之所以能千古传诵,首先在于其情至真,不假雕饰,以陈情统摄叙事、说理。全篇情深理切,动人心弦,催人泪下。

文学创作的情感流露过程,它蕴含着作者对生活、文化以及历史的感受和批判等,使文学创作具有更加重要的社会价值,促进人格的完善和精神境界的提升。所以苏轼说:"读《出师表》不下泪者,其人必不忠;读《陈情表》不下泪者,其人必不孝。"

白居易说:"感人心者,莫先乎情。"文学不能没有感情,这如同

散文

江河不能没有水,大气不能没有氧气一样。文学是作者真实情感的自然流露。文学即人学,文学离不开情,情感抒发离不开文学。文学是通过文学活动体现的。文学活动是充满情感的活动,情感贯穿了从创作到阅读的整个过程,它在文学活动中起着重要的作用。

综上所述,情感是文学作品中必不可少的内容要素,是文学创作的动力源泉。假如情感不具有动力性,那么具有情感的人的创作也就无由产生。正因为大量的文艺作品都是情感推动的结果,所以刘勰提倡"为情造文",白居易把诗歌中的情感看作诗歌的根本,没有情感,就没有创作的花果。托尔斯泰认为作家创作最重要的一点,就是用情来传达形象,认为艺术的目的就是为表现各种情感,缺乏对生活的情感体验,没有激情,就没有创作冲动的产生,也不可能写出有感染力的文学作品。

2014 年 1 月

散文贵有文眼

眼睛是人体最重要的器官之一。人们常常把爱护某种珍贵的东西比喻成"像爱护眼睛一样"。在文学创作中,人们则把最精彩最传神的描写称为"点睛之笔"。

的确,人的各种复杂的内心情感,深微隐秘的精神世界,无不可以通过一双眼睛纤毫毕见地传达出来。"双眸凝视""脉脉含情""杏眼圆睁""金刚怒目""醉眼惺忪"……所有这些有关眼睛的词语,都是显示了特定的思想感情。所以人们说:眼睛是心灵的窗户。人们通过眼睛这个窗户,可以洞察心灵世界。鲁迅先生在《我怎么做起小说来》中说:"忘记是谁说的了,总之是,要极省俭地画出一个人的特点,最好是画他的眼睛。"这的确是极有见地的经验之谈。

为文之道,"贵有文眼"。文眼,是散文艺术意境的焦点,它是作者经过艺术概括和集中,把自己的思想感情和所描写景物交融在一起的焦点,也是艺术意境的脉络。文眼好比人的眼睛,眼睛能传出人物的神情来,文眼能传出一篇文章的精神来。优秀的散文,不仅要创造出新鲜、深邃的艺术意境,而且要善于提炼与安设文眼。

本文就散文文眼的安设及其作用谈一些粗浅看法。

文眼,能使主题更加鲜明、集中、深刻,给人以深刻的印象。文眼,是文章之"神",显现文章的主题思想。它好似"满园春色关不住,一枝红杏出墙来"的一枝鲜艳夺目的红杏。它春意浓郁,泄露了"满园春色"的消息,并引起人们对花木灿烂的春天的美好联想。现在,让我们来看看茅盾先生的《白杨礼赞》是怎样通过安设文眼来显现主题的。

1940年,茅盾从新疆回来,曾在延安住了几个月,亲眼目睹根据地军民在党的领导下团结战斗的情景。回到重庆后,他便写出了这篇赞颂党领导的根据地军民崇高精神风貌的著名抒情散文。作者托物言志,以白杨树象征抗日军民,热情歌颂了党领导下的广大军民的崇高精神和意志。文章的这个主题思想是通过作者提炼与安设的文眼——"白杨树实在是不平凡的"——来显现的。在这个文眼的关照、制约下,作者从三个方面写白杨树的不平凡。作者首先亲切地倾谈着高原旅行的见闻、感受,真切地勾画出黄土高原上的纵横画面,引出"倦怠""单调"。就在"恹恹欲睡"时,突然出现了"傲然地耸立,像哨兵似的"白杨树。这时作者振奋、惊叹,深深感到白杨树不同寻常。其次写白杨树体态的不平凡,它有"笔直的干,笔直的枝","是力争上游的一种树"。这些富有特征的形态是作者根据文眼的需要而精选的。最后写白杨树内在气质的不平凡,突出白杨树拟人化的特征:"伟岸,正直,朴质……它是树中的伟丈夫。"所以,"我要高声赞美白杨树!"这样,在文眼的关照、制约下,整篇文章构成了浑然的整体,因而文章的主题集中、凝练、鲜明、突出,给人以深刻的印象,并引发联想。

文眼,在结构中能起到穿针引线的作用,使散文"形散而神不散",使文章成为严谨的有机的艺术整体。一篇散文,一般有两条结构线索:一条是明线,一条是暗线。明线把各种画面或片段连接起来,而暗线使这些画面或片段构成有机的艺术整体,形成高妙的意境。例如李健吾的散文《雨中登泰山》,他的结构就有两条线索:一条是以作者立足点的变化,采用移步换景的写法,这是一条明线;还有一条暗线,它是以文章的文眼"雨"来组织材料,推进文章。文章开头,借"雨"设置悬念,那"淅淅沥沥"的雨,不仅落在作者的"心里",而且敲在读者的心弦上。"我"的一声喊:"走吧!"不仅带动了"年轻人"启程,而且推动了文章的转机。文章第二部分写冒雨登山的情景,记叙沿途所见所感,仍然时时借"雨"(包括"水")的变化来安排文章层次。你看,是"震天"的水声,"把我们吸引到虎山水库";又是大雨,把我们拦进了七真祠;"雨"送我们"走上登山的正路","水"陪我们直到二天门;而漫流的"大水",更让我们体会到石刻《金刚经》的"年日久了";"雨"住时,我们正好进"柏洞"休息,随即更加"抖擞精神","一气"往上登攀;过了二天门,"雾又上来了";云步桥边,撞上飞瀑;登上主峰的盘道,更因雨后路滑,增加许多"苦趣",平添了许多"乐趣",这也给文章增添了波澜。到了山顶,文章则以一大段文字徐徐补叙雨中无法细细辨认、欣赏的山岩、山池、云洞、云海,并眺望山下的瑰奇景色。文章的第三部分,略写雨天后下山所见,仍然紧扣"雨"的变化,将晴天看到的瀑布和"雨中"看到的"壮丽"景象作比,并借此为全文作结:"敢于在雨中登泰山","有雨趣而无淋漓之苦",却有"独得之乐"。作者通过文眼的精心安设,借

"雨"写景,缘"雨"抒情,借"雨"组织材料,推进文章,创作出一篇佳作。

文眼,能使抒情跌宕起伏,激动人心。散文的艺术生命是情感。朱自清认为文学作品之所以吸引人,"最大因素却在情感的浓厚"。又说:"有时磅礴郁积,在心里盘旋回荡,久而后出;这种情感必极其层层叠叠,曲折顿挫之至。"散文要有浓厚的真挚情感,也要有跌宕起伏、层层积累的抒情。如果只有前者,没有后者,不容易引起人们心头最强烈的震撼。散文中的抒情,如同泉水奔流一样,"盘旋回荡,久而后出",而文眼是这"久而后出"的泉口;散文中的抒情,又如同潮水奔腾一样,"层层叠叠"奔向岸边,而文眼则是这扑向岸来的高浪。李密的《陈情表》就是这样。这篇文章的文眼落在一个"孝"字上。"孝"是这篇文章的艺术意境的焦点,是作者倾注情感的文眼。文章一开始从自己的身世写起,一一铺叙自己的"闵凶","生孩六月,慈父见背,行年四岁,舅夺母志。九岁不行,门衰祚薄",自己是"茕茕孑立,形影相吊"。而祖母刘氏则"夙婴疾病,常在床蓐,臣侍汤药,未曾废离"。作者写自己的遭遇和对祖母的孝情,如倾吐肺腑,朴实真挚,没有一点藻饰夸张。李密陈情的目的在于"辞不就职",所以他并没有把对祖母的孝情一泄到底,而是用理性对感情加以节制,使它在不同的层次中、不同的前提下出现。作者在第一段写自己与祖母刘氏的特殊关系和特殊命运,抒发对祖母的孝情后,转而写蒙受国恩而不能上报的矛盾心情。自己很想"奉诏奔驰",却为何又不能走马上任呢?因为"刘病日笃",这就从另一方面抒发了他孝情的浓厚。前面抒发的孝情被节制以后，又在另一个前提下出现了。第三段转至自己"不矜名节"，并非"有所希冀"，不应诏做官，是因为"祖母无臣，无以终余年"。作者在排除了晋武帝的怀疑后，再抒发对祖母的孝情，从而显得更真实，更深切，更动人。孝情"在心里盘旋回荡"，"层层叠叠，曲折顿挫"，跌宕起伏，曲折多姿，扣人心弦，震撼人心。所以文眼能掀起抒情的波澜，使其曲折起伏，牵动人心，增强作品的感染力。

　　文眼，能使意境有绘画的美，给人以美的享受。创作散文，不仅要有美的情思，还要有美的画面来表现它。而文眼，是画面艺术美的集中表现，使作品产生更多的感人的艺术力量。朱自清先生的散文代表作《荷塘月色》，全篇的文眼是开头的"心里颇不宁静"一句。为了把自己从"颇不宁静"的心情中解脱出来，他"忽然想起日日走过的荷塘，在这满月的光里，总该另有一番样子吧"。接着作者具体而细腻地描绘了具有诗情画意的"荷塘""月色"，绘出了一幅清新隽永、美不胜收的画面。作者首先大笔涂抹，概略地写荷塘的环境，接着工笔细描，细腻地描绘月下的荷塘和荷塘上的月色。作者写月下的荷塘那种美妙而又缥缈的景象，先写它的静态美，从田田的荷叶写到层层荷叶中点缀着的白花；后写它的动态美，从微风送来的清香，写到花与叶在微风吹动下的优美风姿，还写到了叶子底下脉脉的流水。作者这样层次鲜明地描绘了月下荷塘的优美景色，显示出月下荷塘特有的一种素淡和柔美。作者写荷塘上的月色，亦是精雕细刻的密写，先写月光，接着写月影，再写光和影的和谐统一。淡淡的月光静静地泻在荷花上,杨柳的倩影映在荷叶上,构成了美的统一体。作者写宁静的"荷塘""月色",正是曲折细腻地反衬自己心情的"不宁静",反衬他对自由宁静生活的向往,从而达到了情景交融的意境,给人以美的享受。

　　文眼是一篇文章意境的焦点,上面分别从主题、结构、情感、画面等方面谈了它的一些主要作用。文眼作为创作散文的一种艺术手法,是应该受到重视的,但这不是说,创作散文都得安设文眼。散文的好坏不单单取决于文眼,要是只讲究文眼,而忽略了思想内容,那便会走入歧途。为了艺术意境有可感性,应注意文眼的提炼与安设。所以古人说,散文"贵有文眼",这的确是散文创作的一条经验。

　　　　　　　　　　　　　　　　　　　2004 年 4 月

安徽高考作文题解"读"

一年一度的高考已经谢幕了,但是关注高考的话题并未结束。人们对高考作文题的关注就是如此。在全国十六个省市的题目中,我认为我们安徽的作文题《读》是上乘的。它的特点是:

一是命题"新"。作文题为《读》:"自然是一本书,社会是一本书,父母是一本书,老师是一本书,同学是一本书,自己是一本书……人生经历中,各种接触、交流的过程都是读的过程。读是面对,读是探索,读是了解,读是感悟,读是品味,读是沟通,读是超越……"要求考生通过对这两段话的理解,写一篇不少于800字的文章。这个命题标新立异,颇具新意,给人耳目一新之感。

二是主旨"明"。《读》的主旨在提示语的两段话中彰显明确了。前一段话揭示了"读"的范围、对象,后一段话揭示了"读"的内容。这个题目的提示语恰到好处地告知了"读"的外延和内涵。提示语不仅明确了主旨,而且在启发考生思维,它真正起到了"提示"的作用。

三是题材"广"。《读》的写作题材是广泛的,它可以"读"自然,"读"社会,"读"父母,"读"老师,"读"同学,"读"自己……可以关注自然,关注社会,关注父母,关注人生,关注历史……体现了作文话题的开放性,体现了"上下五千年,纵横千万里"的大语文视野。这

散

文

个题目学生不会无话可说，不会曳白。

四是体裁"活"。《读》对体裁没有限制，因此，"读"可以说理、议论社会、人生，也可以叙事、抒情，感悟社会、人事。这为考生各尽其才提供了极大的空间。

尽管今年安徽的作文考题命题新、主旨明、题材广、体裁活，但是考生要写出佳作来也非易事。考生只有读懂作文提示中的话，真正有感于社会，有感于自然，有感于人生，才能"读"出新意，才能写出"人人心中皆有，个个笔下俱无"的佳作。

2006 年 7 月

评读许孔璋先生的《枞阳赋》

许孔璋先生的《枞阳赋》,大气磅礴,气势非凡;铺景状物,意境优美,是一篇难得的好赋。下面让我们跟着作者一道,去观赏枞阳的奇山异水,欣赏枞阳的人文景观,领略枞阳的富饶物产,让我们在作者的带领下走进枞阳吧!

首先,作者介绍了枞阳险要的地理位置。枞阳在扬子江的北岸,龙眠山的南面。西面连接安庆和九江,东边与芜湖、南京相连,历史上属于楚国,是"兵家必争之重镇,商贾辐辏之要津焉"。

第二部分是二、三、四三个自然段,叙述枞阳的历史沿革、境内主要名胜古迹以及历史名人。枞阳早在汉武帝元封五年就建立了县制,隋唐时期才更名为同安县,唐至德二年改同安县为桐城县,新中国成立以后恢复枞阳县名,至今已有两千多年的历史。枞阳这里遗留着汉武帝的射蛟台,陶侃任枞阳县令励志运甓(砖)的惜阴亭和洗墨池,三国东吴大将吕蒙城遗址,太平天国枞阳会议旧址望龙庵,中国人民解放军中线渡江指挥部旧址陈氏宗祠等名胜古迹。枞阳这里有明朝开国功臣大刀王胜、抗倭英雄阮鹗、明东林党领袖左光斗、一代名相何如宠、杰出思想家方以智、抗日民族英雄童长荣、农工民主党主席章伯钧等英贤,可谓群星灿烂,群贤生辉,光照人寰。枞阳县文风淳厚,清有方苞、刘大槐、姚鼐创立的"桐城文派",规模

散
文

243

之大，为中国文学史所罕见。"天下文著桐城，才人籍在枞阳。"近有桐城中学创办者吴汝纶的教育思想和办学实践影响深远，惠及今人，还有哲学家方东美、侠女施剑翘、美学家朱光潜、将军外交家黄镇、"计算机之父"慈云桂、"炸药大王"汪旭光等历代风流人物。作者"展阅历史画卷，巡礼文化长廊"后，总括枞阳"是惟诗人之窟，文章之府，气节之乡"。

第三部分是五、六两段，状写枞阳境内的娇美景观和旅游胜境。详写浮山的胜景，略写白荡湖、菜子湖的风光。河湖环绕，景色美至，是旅游之胜地。

第四部分为末段，描绘枞阳县城的新美蓝图，与第一节相呼应。"商厦云连，超市雾列"，"庠序宏建，棋布星列"。如今的枞阳"市场繁荣崛起"；依托历史文化背景，"城乡怡美，建设和谐家园"。不过，这段文字，我倒觉得还可以拓展一点，还可以润色，使新美蓝图更美。

通观全篇，四个部分环环相扣，层层推进，一气呵成，是一篇难得的好赋。

就其艺术特色而言，作者巧构思，善谋篇。"观古今于须臾，抚四海于一瞬"，"笼天地于形内，挫万物于笔端"。枞阳县有着两千多年的历史，历史史迹、历史名人多若繁星，作者择其要者，按年代有序陈述，有条不紊，繁而不乱，足见作者选材、剪裁、布局之匠心。作者把枞阳的历史掌故、名人、胜景经过精心搜理，巧妙安排，绘成一幅多彩的画卷，呈现在读者面前，使我们看到了枞阳的过去、现在和未来。赋的意境深邃而悠远。

再者,作者绘景生动,状物形象,写浮山"横岭侧峰,左右回抱;清流激湍,悲欢交响。青山�矗空,巨石撑寺。佛殿三重,云满万壑"。作者运用赋的铺陈手法,将浮山的美景活灵活现地展现在读者面前,令人向往,令人陶醉。

篇末,我要说一下文赋。赋,是我国古代的一种文体,它介于诗和散文之间。它是由《诗经》《楚辞》发展起来,《诗经》是"赋"的远源,《楚辞》是"赋"的近源。到汉代就形成了一种特定的文学体裁,它的特点是:"赋者,铺也;铺采摛文,体物写志也。"(《文心雕龙·诠赋》)"赋"的字义是铺述,也就是要运用铺陈夸饰的手法来直陈其事,以铺陈、对比、对偶、夸张等传统技法为主,用新奇美丽的辞藻来描摹事物,抒写情志。赋,重视辞藻和押韵,文章显得整齐和谐,清新流畅而又具有磅礴的气势。宋代以散文形式写赋,称为"文赋",著名的有欧阳修的《秋声赋》、苏轼的《前后赤壁赋》等。通观《枞阳赋》,作者用三、四、五、六、七、八字句,多用四、六字句,多处运用散文笔法,句式长短相间,参差错落,或对仗、或排比,在工整中现自然的流利、匀称;音律和谐、动听,可以称得上是散韵巧妙结合、诗文和谐统一的佳篇。例如第二自然段中"城阙沧桑,载故说于史乘;风流人物,留胜迹于江山。汉武射蛟,永传枞阳之歌;陶侃运甓,长留惜阴之亭。吕蒙抗魏,建蒲州而克敌;李全拒金,抱幕旗而殉国",从这里可以看出作者驾驭语言的深厚功底。正因为作者具有深厚的古韵文功底,在文赋稀少的今天,许老先生能娴熟运用赋体,为我们奉

散文

献一道文赋美餐,让我们精神愉悦,让我们喜爱《枞阳赋》,让我们更加热爱枞阳这块热土!

最后,让我们一道吟诵一遍许孔璋先生的《枞阳赋》吧!

　　扬子之北,龙眠之南。天门望断碧宇,小孤中流砥柱。西接浔阳宜城,东邻金陵鸠江。楚山吴水,要塞雄关。山川相缭,名邑相望。城郭绚美,是曰枞阳。

　　夫皇汉建县,隋唐更号同安桐城。上下二千年,纵横二百里。城阙沧桑,载故说于史乘;风流人物,留胜迹于江山。汉武射蛟,永传枞阳之歌;陶侃运甓,长留惜阴之亭。吕蒙抗魏,建蒲州而克敌;李全拒金,抱幕旗而殉国。姚莹抚台,英舰丧胆;望龙会议,大捷三河。芝瑛义侠葬友,哲明铸制强兵。吴樾飞弹,震惊京华;岱山枪声,驱逐军阀。及至近世,史揭新页。共产党人,革命志士。星火燎原,壮怀激烈。逐明建支部于章家大屋,雪吾创武装于欧家岭头。长荣率将而抗日,张斌折俎而援朝。鲁森捐躯,谢祠参政。桂坝港湾,首挂征帆;陈祠指挥,雄师渡江。

　　展阅历史画卷,巡礼文化长廊。是惟诗人之窟,文章之府,气节之乡。学渐崇实,倡事理相融学说;光斗诤臣,铸肺肝钢铁襟怀。炎庆冶铁,妙铸关山雪霁;剑翘单枪,义勇佛寺刺仇。维仪女史,清芬阁开诗社先河;以智博学,东西均倡拿来主义。田间著易,笔底风云涌动;方苞讲学,立言首倡义法。才甫论文,必主神韵境界；姚鼐承师，章涵阴阳刚柔。天下文著桐城，才人籍在枞阳。

汝纶赴日，兴教勉成国器；仲实治经，传授篇章奥法。光炯创办旅湘宏实，明甫主持文史教育。秩五创建浮中，伯钧青年领袖。光潜首介西方美学，东美独译中华经籍。黄镇写长征诗画，相符主生态园林。云桂创银河微机，立志拓智能弹药。中外文化体用，江山风流人物。

尔乃景观娇美，旅游胜境。地幔断裂，浮山亿载熔岩；乔木幽深，华严千年古刹。渡仙亭赏花洞响雪，滴水岩惊冰柱擎天。醉翁因棋悟道，阳明选岩著书。半窗摘拾瑶草，临川沉醉水帘。摩崖石刻，古朴品题。天鹅香狸，珍稀动物王国；火山喷口，森罗地质公园。紫岚凝立，幻化峭岩。一片白云终古，数声青鸟今啼。横岭侧峰，左右回抱；清流激湍，悲欢交响。青山矗空，巨石撑寺。佛殿三重，云满万壑。何相国题诗岩侧，关帝庙留址山腰。岱鳌险峰，蜿蜒重叠。宛如蟠龙戏珠，恰似麒麟望月。横石悬崖两端，曲径斜入三门。眺古战场，悲笳犹咽。三寨门里草深，三贞庵中云白。山横亘，青石堆叠。白云寺闲留白云，护国庵志寓护国。风龙洞深临无地，阮氏祠尚书故宅。桃花绕麓，武陵溪头人家；芦荻满湖，破罡桥头村舍。仙女好逑，结伴同游联句；神龙腾飞，启动早春信息。

白荡湖波光激滟，水天一色；杨柳晕黄，游鱼唼喋。浓妆淡抹，晴雨趣别。风帆上下，渔舟摇弋。菜子湖惊涛拍岸，水域辽阔。寒云暮锁,旭日绽靥。云与影其莫辨,涛与峰其莫别。山寺五更钟声,草原十里牧笛。羹脍赛湖,溅香水国。明镜天开,秋林雨歇。鲥鲚肥美,酩酊游客。灯火阑珊,渡头沽泊。铁板铜琶,隔岸听大江涛声;凤仪长沙,州头眺远浦花坞。

巡礼城衢,桂殿兰阙。莲花湖菡萏映空,幕旗山琼阁揽月。白鹤峰研经书院,黄泥岗慈善茶舍。商厦云连,超市雾列。工贸集团,中外企业。创新发展理念,施展人才战略。庠序宏建,棋布星列。依托历史文化背景,描绘新美蓝图。东南形胜,市场繁荣崛起;城乡怡美,建设和谐家园。

2011 年 11 月

话说清明

　　清明节是我国传统节日,也是重要的祭祀节日,是祭祖和扫墓的日子。按照旧的习俗,扫墓时人们要携带酒食、果品、纸钱等物品到墓地,将食物供祭在亲人墓前,再将纸钱焚化,为坟墓培上新土,折几技嫩绿的新枝插在坟上,然后叩头行礼祭拜,最后吃掉酒食回家。唐代诗人杜牧的诗《清明》写出了清明节的特殊气氛:"清明时节雨纷纷,路上行人欲断魂。借问酒家何处有?牧童遥指杏花村。"

　　我国传统的清明节大约始于周代,已有两千五百年的历史。由于清明离寒食的日子很近,而寒食是民间禁火扫墓的日子,渐渐地寒食与清明就合二为一了,而寒食既成为清明的别称,也变成清明时节的一个习俗,即清明之日不动烟火,只吃凉的食品。

　　清明作为二十四节气中唯一一个成为节日的节气,其由来与绵山介子推的故事有关。公元前 655 年,晋献公的妃子骊姬为了让自己的儿子奚齐继位,就设毒计谋害太子申生,申生被逼自杀。申生的弟弟重耳为了躲避祸害,被迫带着一群家臣仓皇出逃,踏上了流亡之路,这其中就有介子推。他们一路上风餐露宿,重耳饥病交加,气息奄奄。介子推见状毅然拔刀从自己腿上割下一块肉,熬成汤给重耳充饥,从而保住了重耳性命。这就是历史上"割股奉君"的故事。公元前 636 年,重耳重新登上晋国王位,史称晋文公。此时,他

散

文

249

受到一帮大臣的曲意逢迎,一时间志得意满,大肆分封。介子推苦
心规劝却无济于事,便做出了隐居绵山、独善其身的选择。晋文公
知道后,急忙带着大臣们赶到绵山寻找,却始终不见介子推的身影。
于是有人出了个主意说,不如放火烧山,三面点火,留下一方,大火
起时介子推是会自己走出来的。晋文公乃下令烧山,孰料大火烧了
三天三夜,大火熄灭后,终究不见介子推出来。上山一看,介子推母
子俩抱着一棵烧焦的大树死了。晋文公望着介子推的尸体哭拜一
阵,然后安葬遗体,发现介子推脊梁堵着柳树树洞,洞里好像有什么
东西。掏出一看,原来是片衣襟,上面写了一首血诗:

> 割肉奉君尽丹心,但愿主公常清明。
>
> 柳下作鬼终不见,强似伴君作谏臣。
>
> 倘若公主心有我,忆我之时常自省。
>
> 臣在九泉心无愧,勤政清明复清明。

　　晋文公将血书藏在袖中,然后把介子推和他的母亲分别安葬在
那棵烧焦的大柳树下。为了纪念介子推,晋文公下令把绵山改为
"介山",在山上建立祠堂并把放火烧山的这一天定为寒食节,晓谕
全国,每年这一天禁忌烟火,只吃寒食。
　　第二年,晋文公领着群臣,素服徒步登山祭奠。行至坟前,只见
那棵老柳树死树复活,柳枝千条,随风飘舞。晋文公望着复活的老
柳树,像看见介子推一样。他敬重地走到柳树跟前,珍爱地折下几

枝,编了一圈儿戴在头上。祭扫后,晋文公把复活的老柳树赐名为"清明柳",又把这天定为清明节。人们在清明之际怀念逝者,祭祀先祖渐成习俗。

清明节又叫踏青节,按阳历来说,它是在每年的四月四日至六日之间。这时正是春光明媚、草木吐绿的时节,也正是人们春游(古代叫踏青)的好时候,所以古人有清明踏青,并开展一系列体育活动的习俗,如荡秋千、蹴鞠、放风筝、拔河、斗鸡、戴柳等。因此,这个节日既有祭祀的悲酸泪,又有踏青游玩的欢笑声,是一个富有特色的节日。

清明节成为二十四节中唯一具有人文历史的节日。2006 年,清明节被列入第一批国家级非物质文化遗产名录。2008 年,清明节首次成为国家法定节假日。

2010 年 4 月

散文

后 记

　　呈现在读者面前的这本集子,是我退休后写作的一些诗词散文文稿。因为自己是教师,在教育园地里辛勤耕耘了几十年,且是退休后的习作,所以名为《退耕集》。

　　退休前,我的时间耗在教学和管理上,没有闲暇,难以静下心来温书习文。退休后,没有工作压力了,时间由自己安排。我把卸下工作后的空闲时间,用来看点诗书,尝试一下诗词写作,以此来充实自己的退休生活,我觉得这样做对自己的身心大有裨益。再者,退休后老同学聚会的机会增多了,大家感慨时光流逝,世事沧桑,感触颇多,有一种倾吐的欲望,于是就流露于笔端。后来自己又到外面去旅游,被神州美丽的山水所陶醉,有登山则情满于山,观海则情溢于海的感觉,写作题材拓展了,笔耕亦勤了。特别是拙作被学校校报和《中国老年》《老同志之友》等报刊刊载后,写作热情更加高涨,坚持下来便有了这些诗文。

　　这些诗文是我退休生活的真实记载,都是有感而发。所写的人和事也都是真实的,富有情感的。这些诗文倾吐了我的心境,展示了我的真实感情。

　　在写诗的过程中,我与刘思祥、杨兆华两位大学同学有过探讨,尤其是去年以来,杨兆华与我切磋甚密,我们彼此的新作在初稿写出后,第一时间就通过电子邮件发给对方,征求对方的修改意见。我们在写作交流过程中,受益匪浅。

去年,是我与牧韵春合卺的红宝石年。为作纪念,我将《退耕集》的诗词文稿整理复印,分送给同学、同事、学生、亲友,一是希望得到大家的指正,二是作为对部分同学赠送诗作的回赠。

为了便于阅读和理解,我在有些诗词的前面加了小序,后面加了注释,还附了一些自己拍摄的照片。

拙作《退耕集》送出以后,收到一些回馈意见,好友们给了我诸多的鼓励。太湖中学张敏学老同学接到我的拙作后,立即给我作了一首诗。现录于后:

> 诗词文集曰退耕,千里劳赠寄赤诚。
> 归隐勤于书案捡,骋怀必作肺腑鸣。
> 饴孙逗趣天伦乐,置腹推心至友情。
> 国事家常萦感慨,娱情山水意纵横。

今年春节,原在省经委工作的王德胜老同学打电话给我,他说他在读我的《退耕集》,对短文更加喜欢,觉得每篇短文的教育意义很强。在大家的鼓励下,春节后,我在孩子的帮助下开通了新浪微博,开始尝试写作博文,几个月下来已有诗文三十来篇,这次付梓时也一同印出。

今年六月,八九制剂班的学生举行进校二十五周年聚会,我是

后记

253

他们的班主任，受邀出席。他们索要我的拙作，因此又复印了一次，以满足他们的需求。

这本选集两次复印，分送给部分学生和亲朋好友，他们阅读后建议我送给出版社正式出版。我写的这些东西是诗词散文，属于文学类，我想它适合文艺出版社。随后，我便冒昧地拿着书稿走进了安徽文艺出版社，接待我的是刘哲副社长。我与刘社长素不相识，可谓是萍水相逢。然而，让我意想不到的是，刘社长热情接待了我，并接收了拙作《退耕集》。

这本《退耕集》得以正式出版，我首先要感谢刘哲社长的慧眼识珠，从而使拙作得以面世。在成书的过程中，责任编辑王婧婧为此付出了大量的劳动，我要多多感谢她。我还要感谢美编和文艺出版社的其他同志，因为他们的付出才使得拙作出版。

此外，我还要特别感谢安徽师范大学文学院原院长谢昭新教授。我与谢教授结识于2008年，那时他刚到安徽新华学院，担任文化与新闻传播学院的院长，我是该院的专聘教师。我与他直接交往有两次，一次是他主编的《大学语文》出版发行座谈会，一次是新华学院主持召开的安徽省大学语文素质教育研讨会。这两次会议我都参加了，并做了发言。他是会议的主持人，做了总结。谢教授的平和睿智、学识渊博给我留下了深刻的印象。谢教授是中国现当代文学学科带头人，南京师范大学中国现当代文学学科博士生导师、安徽省文学学会副会长、安徽省文艺评论家协会副主席。他在百忙中花费大量精力阅读了我的拙作，又耗费了许多宝贵时间为我的拙作写了序言,对此我十分感激。

再者,我要向原安徽省委宣传部常务副部长汪石满致谢,他为拙作题写了书名,留下了宝贵的墨宝,为拙作增辉生色。

最后我要向南京大学文学院博士鲍远福致谢。他现在是新华学院文化与新闻传播学院副院长。今年11月中旬,出版社通知我说,《退耕集》出版的上级批复已经下来了,已经通过了审核。因为是正式出版,我想请安徽文化名人谢昭新教授为拙作写篇序,当时我在上海儿子家带孙儿,一时走不开,我便将书稿在邮局用快递寄出,哪知快递未及时送到。这期间是鲍博士帮我查询,使书稿最终送到了谢院长手里。对此我很感谢。

此外,对在我写作和成书的过程中给予过支持和帮助的人们,在此一并致谢。

鲍朝卿

2014 年 12 月 8 日于上海明申花园

2015 年 1 月修改

后

记